ひとつむぎの手

[日] 知念实希人 著

张顼 译

缝合人心的手

中国致公出版社
China Zhigong Press

图书在版编目（CIP）数据

缝合人心的手 /（日）知念实希人著；张顺译. --
北京：中国致公出版社，2023
ISBN 978-7-5145-2013-2

Ⅰ．①缝… Ⅱ．①知… ②张… Ⅲ．①长篇小说—日
本—现代 Ⅳ．① I313.45

中国版本图书馆 CIP 数据核字（2022）第 174023 号

HITOTSUMUGI NO TE by CHINEN Mikito
Copyright © Mikito Chinen 2018
AII rights reserved.
Original Japanese edition published in 2018 by SHINCHOSHA Publishing Co.. Ltd.
Chinese translation rights in simplified characters arranged with SHINCHOSHA
Publishing Co., Ltd. through East West Culture & Media Co.. Ltd., Tokyo.
Chinese translation copyrights in simplified characters ©202 * by Beijing Sina Read
lnformation technology Co.. Ltd.

北京市版权局著作合同登记号：01-2022-6112 号

缝合人心的手（日）知念实希人 著　张顺　译
FENGHE RENXIN DE SHOU

出　　　版	中国致公出版社	
	（北京市朝阳区八里庄西里 100 号住邦 2000 大厦 1 号楼西区 21 层）	
发　　　行	中国致公出版社（010-66121708）	
责任编辑	胡梦怡	
责任校对	邓新蓉	
特约编辑	落　溪	
封面设计	仙　境	
责任印制	刘　君	
印　　　刷	三河市兴达印务有限公司	
版　　　次	2023 年 1 月第 1 版	
印　　　次	2023 年 1 月第 1 次印刷	
开　　　本	880 毫米 ×1230 毫米　1/32	
印　　　张	8.75	
字　　　数	190 千字	
书　　　号	978-7-5145-2013-2	
定　　　价	45.00 元	

目 录

第一章

选择的温度

1

透明的液体在纤细的塑料管中缓缓滴下，心电监测仪滴答作响，与呼吸机氧气泵的声音相合，奏出一曲干巴巴的交响乐。ICU内一如既往，充斥着一股淡淡的消毒水味儿。

平良祐介睁着蒙眬的睡眼，盯着监测仪上的数字。病人的血压不断下降，心跳却在上升。他揉了揉酸痛的太阳穴，按下固定在输液管上的按钮，加大了升压药的剂量。清晨的阳光从宽大的窗户中直射进来，放在平时，这道光可能会令他神清气爽，但是今天，彻夜未眠后的他只感觉到阵阵晕眩。祐介晃了晃灌铅般沉重的脑袋，拉下了百叶窗。

一道长长的管子从躺在病床上的壮年男子口中延伸出来，连在他身旁的呼吸机上。两天前的下午，他在公司里突发剧烈胸痛，倒地不醒，然后被紧急送到了纯正会医科大学附属医院。经检查，医生诊断其为解离性大动脉瘤。

大动脉血管壁共有三层，最内层因病人本身所患的高血压发生龟裂，血液渗入后造成了动脉壁大幅度剥离，发病极其凶猛。更糟糟的是，解离腔压迫了为心脏输送血液的冠状动脉起始部，又间接造成了心肌梗死。

情况危急，副教授马上为男子进行手术，将人工血管植入已经剥离的部分，总算保住了病人的性命。但由于其并发症严重，心脏大面积受损，目前尚未脱离生命危险。祐介被折腾了一晚上，一夜未眠。此刻，他感到脑袋里面嗡嗡作响。二十多岁的时候，他就算彻夜不眠也不会筋疲力尽，可如今还不到三十五岁，他却感觉身体上的疲惫怎么也缓不过来。白大褂的脖领处传来阵阵汗味，祐介连续两天没回家了，一直待在医院连轴转，连冲澡的时间都没有。

时间已是上午九点左右，病人的病情也差不多稳定下来了，趁上午查房前应该能洗个澡换个衣服吧。祐介边想边拖着沉重的步伐向 ICU 门口走去。就在这时，挂在脖子上的 PHS^①自顾自地响起。

“谁啊，这时候找我。”

祐介拿起 PHS 望着液晶显示屏，上面显示的“医局长”让他的脸颊不由得抽搐了一下——这是他此时最不想见到的人。他努力将脑海中装作没看见来电的念头赶走，按下了通话键。

“平良吧，现在在哪里？”心脏外科的医局长肥后太郎洪亮的声音在祐介熬夜后的脑海中炸裂开来。

“在 ICU 里……”

“有事找你，来趟教授室。”

“教授室？！”

遍布全身的睡意一下子飞到九霄云外。

“对，马上过来。”

———————

① 个人手持式电话系统（Personal Handy-phone System，缩写 PHS）

还未来得及回复，那头就挂断了通话。空荡荡的电子音在祐介耳边回荡，他呆呆地伫立在原地。

肯定是那件事了。终于等到这一刻，是否能成为"真正的心脏外科医生"，答案就要揭晓了。

体温骤然上升，肾上腺素顺着血液冲向全身，疲劳感一扫而空。

祐介将 ICU 所在的新馆抛在身后，来到了数十米外的早先修建的医局楼八层。下了电梯后，他顺着铺有柔软地毯的走廊向前走去。各科室的教授室连成一排，酝酿出浓烈的庄重氛围，和其他楼层的气氛截然不同。

肥后站在走廊尽头的门前，太鼓一般大的肚皮将白大褂顶出一个鼓包，稀薄的头发里隐约可见油腻腻的头皮，在荧光灯的照射下泛出冷冷的光。

"太慢了。"

祐介刚一出现，肥后便不满地咂了咂嘴。

"抱歉。请问有什么事吗？"

"让教授直接跟你说吧。走。"

肥后敲了敲挂着"心脏外科学讲座教授"牌子的门，门后传来一个低沉的男声："进来。"

"打扰了。"

肥后说着推开门走了进去，祐介紧随其后。

这是一间宽敞的房间，屋里摆放着一整套古色古香的木质沙发和塞满了医学书籍的巨大书架。一位有些上了年纪的男人坐在靠里的木质书桌前，正凝视着手中的书。男人已有星星点点的白发，鼻子又高又尖，嘴巴紧紧地抿成一条线。这是心脏外科主任赤石源一郎。

"赤石教授，我把平良给您带来了。"

肥后恭恭敬敬地说道。

赤石放下手中的书，抬眼望向二人。一瞬间，祐介竟有些像被大型食肉动物盯住的感觉。赤石已是花甲之年，但他的目光仍像利刃一般犀利。

"正忙着吧，这时候叫你过来真是不好意思。"

赤石的声音如同从腹部发出一般低沉，祐介不由得挺直了腰板。

"没有，您客气了。"

祐介已经来医疗部六年多了，可在面对这位日本数一数二的心脏外科医生时还是紧张得脚下发颤。

"知道为什么叫你来吗？"

"不，我不知道。"

其实他已心中有数，但这个话题不该由他引出。

赤石默默地轻抚下颌。如同面对法官的犯人等待判决一般，祐介等待着答案。

"人手不够啊。"

赤石如同自言自语一般低声说道。

"人手……吗？"

"是啊。今年就已经有三个人退出了，医疗部的人一直在减少。再这样下去，我们就没法向联营的那些医院输送医生了。"

纯正医大附属医院的医疗部不仅承担着培训医生的任务，还是一个人才中转站。医疗部以借调的形式向人手不足的市中医院输送医生，作为其联营医院，医大也对对方医院有一定的影响力。但如此一来，医疗部就必须保持一定数量的成员了。

这几年，医大的心脏外科学讲座一直为人员减少的窘境所困扰，甚至到了不得不减少部分联营医院的地步。

不过，这和自己又有什么关系呢？祐介心下疑惑。赤石不顾祐介的困惑接着说道：

"明天，就是 10 月 1 号，我们科会来三个新的实习医生，算是他们第二年选择的实习科室。"

学生通过国家医师考试并取得医师证后，需要进行为期两年的初期临床实习，以实习医生的身份到各科室轮岗，以掌握成为医生最基本的技能。

在纯正医大附属医院，两年之间只要修满六个月的选择实习，就能在想去的科室开始正式实习。因此，心脏外科大概两三个月便会进一位实习医生。

"这样啊，三个人同时过来，很少见呢。"

见祐介谨慎地点了点头，身旁的肥后有些得意地挺了挺肚子。

"我们这边调整了。"

"调整？"

"是的。赤石教授和负责实习生的人沟通了一下，才让这三个人 10 月份都过来。"

"为什么呢？"

"现在这个时候最重要了。实习生在二年级的 11 月的第二周就要选择转岗科室了。"

"欸，难道那三个人都……？"

祐介小声嘟囔着，赤石重重地点了点头。

"是啊。这三个人都选择了心脏外科作为入局科室。他们在一年级结束时填写的调查问卷上，把我们科填到了第一志愿上。"

就是说，在最后决定转岗科室之前，他们想利用实习生的经历给人留下业务能力强的印象。祐介终于明白了。

"三个人都是啊……真厉害。"

这两年，一个留在心脏外科的都没有。三年前进入心脏外科的两个实习医生，由于承受不住过于庞大的工作量，连两年都没能熬过去就转到别的科室了。

医局里医生减少，落到单人头上的工作量就更多了；余下的人耐不住工作辛苦，纷纷离开。这样一来，心脏外科就陷入了恶性循环。这次三个人一起入职，可能会使科室从目前的尴尬境地中解脱出来。

"那么，您需要我做些什么呢？"

"我想让你担任这三个人的指导医生。"

面对赤石这个意料之外的回答，祐介有些不知所措。

"三个人吗？"

他确实曾指导过实习医生，不过，从没同时带过两个以上。而且，之前的实习生都是想进入外科或循环内科的，来这里多少有几分完成任务的意味。这次则不同，这三个人都希望进入心脏外科。祐介顿感责任重大。

"不过……您为什么要选择我呢？"

"我看了之前咱们科室实习生的调查问卷，他们对你的指导是最满意的。所以我想把这三个人交给你。"

"但是，一个人我倒是能应付得了，三个人同时的话……"

祐介正举棋不定时，肥后拍了拍他的后背。

"你看看，实习生去新科室的时候多少会觉得忐忑不安嘛。三个人做伴的话，他们会更安心吧。"

"话虽如此……"

祐介目前的工作任务已经很繁重了，每周只有两三天才能回家陪伴妻儿。若是再添上指导三个实习生的任务，恐怕不仅是自己，整个家庭的负担都更重了。

正在他不知道如何拒绝是好的时候，赤石仿佛看穿了他的心思一般，先发制人地说道："平良，你当医生多少年了？"

"欸，算上实习期的话，已经八年了吧……"

"八年啊。这样算起来你到我们这里也有六年多了，差不多也该考虑往联营医院走走了。"

"……啊好。"

祐介顿时感到一阵口干舌燥。总算来到了他又期待又害怕的话题。

纯正医大心脏外科学讲座常年采取向心脏手术案例多的市中医院派遣骨干医生的制度。在市中医院积累的经验多少直接与成为心脏外科医生后的前途相关。

看着因紧张而呼吸加快的祐介，肥后脸上浮现出淡淡的笑容。

"以前有一位在我们这里进修的学长，现在在冲绳的医院做院长。最近他提出能否从我们这里调些外科医生过去。我们也很为难啊，不好对学长的要求置之不理。对了，平良，我记得你父亲是冲绳的吧？"

祐介的心情一下子跌到谷底，他微微颤抖着张开了嘴。

"我父亲确实是冲绳人，但他早已身故……话说回来，那边的医院能做心脏手术吗？"

"不能，那边的医院很小，只能容纳下大概两百张床，似乎都没有心脏外科。"

"怎么会这样……"

在这个年纪被调岗到没有心脏外科室的医院，无异于为他心脏外科医生的职业生涯画上句号。八年多来，他一直为能做高难度的心脏手术不断更新专业知识、打磨专业技能。他必须选择一个手术多的医院以便更好地积累临床经验。若是现在去冲绳的医院，就是将最宝贵的青春白白浪费掉。

为了成为最优秀的心脏外科医生，他承受着高强度的工作，将一切都献给了工作，甚至不惜牺牲陪伴家人的时间，但现在却……

"不过，明年富士第一综合医院那边会有位置空出来。"

赤石一语惊人，祐介感觉自己又渐渐恢复了心跳。

富士第一综合医院在静冈县富士市一带首屈一指，也是联营医院中做开胸手术最多的医院。特别是心脏冠状动脉搭桥手术在全国闻名，可谓积累临床经验的最好去处。

"我记得你的第一志愿好像就是富士第一综合医院吧？"

"是，是的！"祐介激动得声音都变了。

"我是希望帮你尽量争取的，不过，想去那边的医生很多，所以也会考核医生对医局的贡献。"

赤石的眼睛眯了起来，祐介见状，终于明白了。

关键在于明天来的三位实习医生。如果能成功让他们留下来，自己就能去富士第一综合医院；如果不能，就只能去冲绳的小医院了。这就是赤石和肥后的潜台词。祐介将手放在胸口，尽力使狂跳的心平静下来。他心中已经有了决定。

"我接受。"

"好样的，就靠你了。一定要让他们留在我们这儿。"

肥后满脸堆笑，重重地拍了拍祐介的肩膀。

"……几个人呢？"

祐介直直地盯住赤石。

"留下几个人，我才能去富士第一综合医院呢？"

面对这出人意料的提问，肥后不禁皱起了眉头。

"喂，对教授太没礼貌了吧。这不是几个人的问题，是要让他们全部留下来。"

"当然，我会竭尽全力。不过，我并不能保证他们全都能留下来。我只想知道，几个人留下来才算是'对医局做贡献'？"

就算面对在医局内手握绝对大权的赤石，他也不能在这时候退缩。

"……两个人。如果这个问题不明确告知的话，对平良也太不公平了。我个人认为，最终能让两个人留下，就算是'对医局做贡献'了。这样你可以接受吗？"

"明白了，谢谢您！"

祐介坚定地回答道。

"那么我就让实习生们明天一早在你的办公桌前报到了。实习内容你自己决定即可。就这样。"

赤石再次拿起刚刚放在桌上的书。见状，祐介恭恭敬敬地鞠了一躬后便退出了教授室。

只要能让实习生中的两人留下，他就能去富士第一综合医院了。这是他多年以来的梦想，成为一流心脏外科医生的大门正向他缓缓敞开。

教授室的门在身后重重地关上，祐介阔步向前走去。

2

从教授室出来后半日，祐介一直带着忐忑不安的心情进行着日常工作。对住院病人的查房、在门诊看病开处方、对术后患者的观察和护理……时钟在不知不觉中就走到了晚上八点。

祐介在 ICU 中录完电子病历后将视线投到昨晚做完解离性大动脉瘤手术的患者身上。虽然患者暂时脱离了生命危险，但情况随时可能急转直下，看来今晚他又要住在医院里了。

上次回家好像还是三天前，祐介掰着手指头叹气。最近负责的病人状态都不太好，他已经连续几天都待在医院里了。

祐介从钱包里拿出一家人的照片，那还是在独生女儿真美第一天上幼儿园时照的，微微弯腰的他和妻子美代子将手放在有些紧张的女儿的肩膀上。望着照片，他的神色不经意间放松了下来。

平时工作繁忙，他几乎没参加过女儿的运动会之类的集体活动，平时的育儿负担更是全部压在了妻子一个人的肩上。即便是这样，每当他回家时，妻子和女儿总是满面笑容地迎接他，对于这样的她们，他心中只有满满的感激。

　　成为一流的心脏外科医生、拯救更多患者的生命，为了实现梦想，他在无形中加重了整个家庭的负担。但为了不让这些年的心血付诸东流，他别无选择。不过，到底怎样做才能让实习生们留下来呢？

　　他此时非常想找谁聊聊，可是，这个人上哪里去找呢？

　　"不错不错，状态挺好，保持住的话明天就能转去普通病房了。那么，明天见。"

　　一阵爽朗的说话声传来。身穿微皱白大褂的高个男子面带笑容地和病人说着话，是个熟面孔。他是循环内科的诹访野良太。

　　是他！祐介站起身来走向正迈向出口的诹访野。

　　"诹访野。"

　　"欸，这不是平良前辈吗？最近怎么样？"

　　诹访野回过头来，脸上洋溢着笑容。大学时代，空手道部的祐介和比他低一年级的柔道部的诹访野在武道系举办的联谊会上相识，两个人有时会在一起喝几杯。后来两个人都成了医生，也时常会在会议上或 ICU 里见到面。

　　诹访野的人缘好，和实习生们也熟悉，在医院里消息灵通，可谓谋事的最佳人选。

　　"现在有时间吗？"

　　"现在吗？我今天值班，不过等别人叫我再过去也行。"

　　诹访野抓了抓自来卷的头发，略迟疑道。

　　"有什么事找我吗？"

　　"……这样啊，那有点麻烦了。"

　　诹访野吸溜着泡面。祐介在和他一起来循环内科值班室的路上把来龙去脉都说了一遍。

"真是太麻烦了。"

祐介用筷子在泡面杯中来回搅动。这片区域是各科室值班室的所在之地,当中设置了自动贩卖机卖泡面。这是为了让值班医生们忙得没工夫好好吃晚饭的时候,能在空闲下来的时候填肚子。

祐介跟着诹访野买了泡面,却没什么心情吃。

"让三人中的两个留下吗?而且还偏偏是心脏外科。"

"别这么说我们科室啊。"

"要是这话惹你不高兴了我道歉,不过我也是实话实说。"

"这事这么困难吗?"

"当然难了。前辈您自己也知道科里是个什么情况,这事实在太不划算。"

听着诹访野的话,祐介不由得将身体缩小了一圈。

"这事是有点不划算……"

"这不是一点半点的事啊。心脏外科——实在太忙了。当然了,我们循环内科、外科什么的也很忙,但跟你们心脏外科比起来简直是小巫见大巫啊。话说回来,这周前辈您回了几次家?"

"……一次。"

祐介有气无力地答道,见状,诹访野炫耀般叹了口气。

"但……但是,上周回了三次……"

"我除去值班外,几乎每天都能回家。前辈您几乎是住在医院了吧。"诹访野打断了他的话,补刀般说道,"而且啊,光是忙就算了,工资也不比其他科室多。因为太忙了,都没时间去外面医院兼职,赚得比一些清闲的科室的医生还要少。真是不能理解啊。"

面对不容辩驳的事实,祐介无言以对。

"啊,前辈别灰心。我并不是在责怪您啊,我反倒是很尊敬您呢。

您竟然真的能做到这样。说真的，您为什么要那么努力呢？您就没想过转岗到别的科室吗？"

"我倒是想过。我还听别的科室的医生说，周末能陪孩子去集训营呢。"

"既然如此，您为什么还留在心脏外科呢？前辈既懂普通外科又能急救，对内科的业务也熟悉。像您这样的人才，无论是外科还是急救科，包括我们循环内科的大门都向您敞开着。"

面对着夸张地敞开双手的诹访野，祐介的脸上浮出一丝淡薄的笑意。

"好意心领了。我是为了成为心脏外科医生才努力至今的。"

"我就知道您会这么说。"诹访野将肩膀骤然缩回，"大学那会儿，您每次喝多了就会大叫着'我会成为一流的心脏外科医生给你们看看'。"

"也并没有大叫啦。"

祐介皱起眉头。

"哎，虽然我不知道您为什么那么执着于心脏外科，但这可是个苦差事啊。前辈，您知道在进入心脏外科的医生里面，最后能成为独当一面的主刀医生的比例是多少吗？"

"……十个里面有一个吧。"

祐介被触到痛处，声音又小了几分。

进入心脏外科的医生，很多因承受不住高强度的工作而转到别的科室去了。即使熬下来了，也未必能够成为独当一面的主刀医生。因为心脏外科的手术病例没有那么多，其中绝大部分还是由成熟的心脏外科医生操刀的。

　　为了成为心脏手术的主刀医生，必须去手术多的医院并接受"一流心脏外科医生"的亲身指导。能够抓住这种机会的人不多。

　　"是的，十个人里面才有一个哟。如老马拉车般兢兢业业工作许多年，也未必能成为主刀医生，您不觉得太不合理了吗？"诹访野提高了声音说道，"说到底，心脏外科真的需要那么多人手吗？主要是想有人来做病人的术后管理或是手术之外的活儿吧。大部分去心脏外科的医生都没办法成为主刀医生，不过是白白消耗别人的青春罢了，这不是过河拆桥吗？正是因为这个，才没人想去的。"

　　他说的完全正确。这些年他在心脏外科早就看透了这一点。

　　"……不过，之前每年都有两三个人留下来。"

　　"那是因为以前大家在学生时代就要选择科室，但现在不同了。实习医生们要花上一年半的时间到各科室轮岗后再决定。这里面既有到点下班的科室，也有只需花上两三年的时间就能成为独当一面的医生的科室。这种情况下再想把人留在吃力不讨好的心脏外科，可就不那么容易了。"

　　诹访野像刚记起来手中的泡面一般开始埋头吃面，吸溜面条的哧哧声在整个屋内回响。

　　"我知道……"

　　祐介喃喃自语道。

　　"欸，前辈您说什么？"诹访野抬起头来。

　　"我说我知道。心脏外科对实习医生们来说确实没什么吸引力，但如果就这样下去我也会被'拆掉'了。"

　　祐介一下子将心中的苦闷和盘托出。

　　"前辈的兢兢业业我都看在眼里，我真心希望您的努力能够有回报。"

诹访野将同情的目光投向祐介，他轻轻地抚摸着胡子拉碴的下巴。

"不过，该怎么让实习生们留下来呢……"

"拜托了，我现在只能靠你了。"

"别给我这么大压力嘛。是了……试试不让他们'顿悟'呢？"

"不让他们'顿悟'？"

"就是把心脏外科的弱点尽量藏起来，比如你每天都更换衣物，不让他们知道你天天都住在医院。然后就是多让他们跟着上手术台学习，尽量让他们早点下班。"

"如此一来他们可能就想要留下来了？"

看着祐介兴冲冲的样子，诹访野连忙在胸前摆动双手。

"先别那么激动。只是我觉得这至少算是个方法……不过，这样一来前辈……"

诹访野有些意味深长地望着祐介，这时，他胸前的 PHS 响起。

"不好意思。是的，是我。好的……好的……明白了，我马上过去，稍等一下。"

诹访野结束了通话，缩了缩脖子。

"对不起，病人有紧急情况，我要马上过去。"

他将吃到一半的泡面放在身旁的桌上，站起身来。

"啊，耽误你时间了，抱歉。"

祐介很想再和他聊几句，但对方此刻有要事缠身，无法强留。

"那么，请加油吧。"

诹访野一手抓起听诊器飞跑出门。值班室的门猛地关上了。

"请加油……吗？我就是想让你教教我，该怎么继续加油呢。"

祐介的牢骚声在充满泡面味道的值班室中飘散开来。

3

　　只有新生儿指甲尖粗细的曲型针慢慢靠近直径数毫米的模拟血管。眼看针尖就要刺破橡胶管，手拿持针器和小镊子的祐介屏住了呼吸，连传导至针尖的气息带来的微颤都停止了。

　　祐介熟练地驾驭着持针器，将针穿过被切断的模拟血管。他小心翼翼地引出针鼻中穿着的头发丝般纤细的手术线，两端的模拟血管慢慢向彼此靠拢。他转动手腕将持针器前端缠绕到线上打了个小小的结，再将线抽出至别处。线结如受重力牵引一般落下，断掉的模拟血管复又连接在一起。祐介边用剪刀剪断剩下的线，边转动着脖颈。

　　所谓"医局"有两层含义，既包括大学医院内围绕某个教授形成的科室及其人事组织，又包括科室医生的休息室。此刻祐介正在休息室里他的办公桌前进行缝合练习。

　　昨晚他和诹访野交谈后便在休息室里的沙发上和衣而卧。明明前天晚上的彻夜不眠已经使他筋疲力尽，但他还是久久不能入睡。怎样做才能让实习生们留在心脏外科呢？这个问题在他的脑海中盘旋着。

幸运的是，患者情况平稳，他还能够保证最低限度的睡眠时间。不过，一到五点他便睁开了眼睛。祐介边晃着沉重的大脑边思考着诹访野的建议，在医院的浴室里冲澡、刮胡子后换上了干净的衬衫和白大褂。之后，他一回到医局，便开始了日常的缝合练习。

他再次将持针器上的曲型针靠近模拟血管。就在针尖靠近血管壁时，祐介的面颊微微抽搐了一下，手上的针也开始轻轻颤动。

他下意识地望向自己的手，右手中指的第二个关节上面有个明显的凸起，就是在那里，轻微的违和感挥之不去。

祐介咬紧牙关想要将这种感觉赶跑，但他越是努力，这种感觉就越强烈。

停下，停下，停下来……

他不断地在心中默念道，可是，针尖的颤动却没有消失。

他下定决心，将针尖往血管上戳去。就在这时，背后传来一声"平良老师"，猛颤的针尖终于刺破了血管。

祐介皱着眉转过身来，看到三个年轻男女站在那里。

"莫非你们是……"

"我们是今天来心脏外科报到的实习医生。请多多关照。"

站在三人中间的男子回答道。

就在祐介聚精会神地进行缝合练习时，不知不觉中到了实习生们的集合时间。

两男一女吗？祐介将缝合用的器械套装收进抽屉，观察着面前的实习生们。

刚刚说话的男子，虽然身材并不高大，但白衬衫下隐隐透着结实的肌肉。浓密的眉毛和有力的嘴角相得益彰，给人意志坚强之感，外科医生很多都是这种类型。

相比之下，另一位男子身材高瘦。他戴着一副黑框眼镜，显得有些书生气，整体气质更像一位学者。

最后一位是个身材娇小的女生。大大的眼睛和樱桃小口不知怎的让人联想到松鼠。略带点棕色的头发在脑后梳起来，扎成一束马尾。

要在这三个人里留下两个啊……祐介难抑紧张，勉强挤出一个笑容。

"啊，请多关照，那个……我是乡野司。大学时代是美式足球部的。我对手术有兴趣，久闻心脏外科赤石教授的大名，特来学习。"

体格健壮的男子介绍自己道。随后，眼镜男也开口了。

"那个，我叫牧宗太。我听说心脏外科正在进行万能细胞修复心肌的研究，我对此十分感兴趣，特地来心脏外科学习。"

原来如此，比起手术实践，他对学术研究更感兴趣。祐介点点头。

"终于到我了。我叫宇佐美丽子。美丽的丽，小孩子的子，丽子。不过，大家常常说我名不副实。我对小儿心脏外科很感兴趣。"

原来她对小儿心脏外科有兴趣……祐介迅速在脑海中整理思绪。这三个人来心脏外科的目的都不同，看来必须让三个人都满意才行。

"我是平良祐介。接下来的一个月请多多关照。"

三个人异口同声道："请多多关照。"

好了，接下来就是关键了。祐介望着三个人鼓起干劲。

"目前我会将手里负责的患者分给你们，让你们和我一起看病以及做好病历记录。不过，只做这些也比较无聊，有机会的话也会让你们上手术台一同学习。然后我会为大家争取在会议上做报告的机会，有可能的话也会让你们现场学习小儿疾病的治疗。"

实习生们眼睛一亮，祐介见状心中有数了，看来自己已经成功抓住了他们的需求。真是开了个好头。

"好嘞，那么我们现在就去查房吧，顺便和病人们打个招呼。下午有赤石教授的心脏搭桥手术，大家都去学习一下。"

祐介"啪"的一声将两手在胸前合掌，清脆的响声在医局内回荡。

情况严峻啊……祐介凝视着监视器，嘴唇紧绷。

前些日子住进 ICU 的解离性大动脉瘤患者虽暂时脱离了生命危险，但病情却在逐渐恶化。

升压药物用了不少，但血压一直在低位徘徊。可能还是动脉解离引起的心肌梗死太严重了，患者的心脏负荷已接近极限。更糟糕的是，患者的肾脏也出现了损伤，尿量开始渐渐减少。

要加大利尿剂剂量吗？不，现在尿量过大血压会下降得更快，反倒危险。祐介紧紧盯着患者的脸，在脑海中不断变换着治疗方案。细看下去，患者的嘴角有丝丝血迹渗出，应该是插管太久导致磨出了血痕。

祐介从身旁的推车中取出一块纱布轻轻拭去患者嘴角边的血迹，向早就在 ICU 的角落里等待的患者妻子走去。

"医生，我先生的状况……"

妻子一副泫然欲泣的表情问道。前些天手术后，祐介便已经向家属传达了患者情况不容乐观的意思。

"非常遗憾,患者目前的心脏状况不断恶化,血压也在不断下降,甚至累及了体内的其他器官。"

"他……还有多少日子？"

"这个嘛……之前已经向您告知,请尽快通知其他亲友来会面。"

"这样吗……"

她脸色黯淡下来，喃喃低语着退到丈夫的病床边。望着她瘦小的背影，祐介心头涌起一股无力感。

“咦，这不是平良前辈吗？您在做什么呢？”

祐介转过头来，只见诹访野站在身后。他似乎刚下夜班，天然的卷发睡得乱糟糟的，比平时看起来还要夸张。

“做什么？当然是在给病人看诊了。”

“我不是这个意思，我是说您为什么不把实习生们一起带来？”

“我让他们在病房那边熟悉熟悉病人的病历。”

“那边的重症患者是您在负责吧，怎么不叫实习生们跟着一起呢？”

诹访野指着十张间隔开来的病床中的一张说道。

“那个人是……”

“前辈真的想彻底隐藏心脏外科的负面吗？”

诹访野有些挑衅般地噘起了嘴唇。

“说什么呢，这不是你劝我的吗？”

“不是啊，我只是觉得这是一种办法而已。不过，我后来又仔细考虑了一下，觉得这并不是良策。”

“什么情况啊？”

“二年级的实习医生们，已经经历过最忙碌的科室工作了。换句话说，他们是在亲临实境的基础上决定来心脏外科的。他们是抱着觉悟来的。”

“觉悟……”

“是的，觉悟。无论工作环境多么严酷，都要向着目标医生努力。在这种觉悟下，如果你担心他们走掉而故意不让他们看到心脏外科忙碌的一面，对他们来说反倒是一种侮辱。”

"什么啊，你这不是自相矛盾吗？"

"前辈请不要生气。我只是希望您再好好考虑一下我之前的建议。"诹访野毫不退缩地继续说下去，"就让他们好好看看您本来的状态吧。"

"本来的状态？"

祐介一头雾水地反问道，诹访野如同恶作剧般地竖起了大拇指。

"是的。好容易来了这么多实习生，就让他们原原本本地看看前辈的工作状态吧。我觉得这样才会给他们留下最深刻的印象。那么，我去查房了。"

诹访野举起一只手打了个招呼，飞快地离开了。望着他的背影，祐介不由得呆立在原地。

他以为自己难得开了个好头，却被这一番话弄得心中忐忑。

那么，到底应不应该将心脏外科的负面展示给实习生们呢？他一时间没了头绪。

祐介看了看手表，时间已经接近正午。今天计划让实习生们一点半去参观学习赤石教授的手术，在那之前必须带他们去吃午饭。

祐介走到了 ICU 出口处的自动门前，心中一动，回头望向最里面的病床。

患者的妻子怜爱地不断抚摸着丈夫的手。

"……手术刀。"

手术室里面的空气紧张得令人透不过气来，低沉的声音在空中回荡。在纯正会医科大学附属医院第九手术室中，赤石操刀的冠状动脉心脏搭桥手术正有条不紊地进行着。

护士熟练地将一枚纤细的手术刀递到赤石手中。

赤石戴着医用放大镜，将手术刀锋利的刀尖慢慢靠近强有力跳动的粉红色心脏。

手术室的角落里的监控器如实地反映着天花板上的摄像机记录下的手术实况。祐介带着实习生们聚精会神地盯着屏幕中教授的一举一动。

心脏表面的三根冠状动脉血管对心肌供血至关重要。如果此处堆积的胆固醇过多，就会导致血管变窄引发心绞痛；完全堵上的话则会引起心肌梗死。

冠状动脉搭桥手术就是在已经发生梗阻的冠状动脉下游缝上桥血管以改善心肌供血。这项手术需要在跳动的心脏表面上缝上直径仅有几毫米的血管，难度极高，可以说是心脏外科的王牌手术。

数米的方形稳定器在心脏表面稳定住心跳，手术刀的刀尖一点点靠近稳定器下面的冠状动脉血管，如同轻抚般在其上移动着，血液顿时从被切开的血管中涌出。

"欸，要切那么长吗？"

"补丁法。这是赤石教授的拿手好戏。"

祐介低声说道。话音刚落，乡野便皱起了眉头："补丁？"

"一般的搭桥手术是用'点'将冠状动脉和桥血管连接的，而'补丁法'则是将切口做长，像打补丁似的用一个'面'来缝合血管。"

"为什么要这么做呢？"

"冠状动脉搭桥手术最大的问题在于血管缝合处容易堵塞，一旦发生堵塞，手术就失去意义了。补丁法由于缝合面大，术后不容易出现这个问题。"

"但是，我们之前从未听说过这个方法……"

乡野惊讶地小声嘟囔着。

"用来缝合的桥血管可只有数毫米宽啊，而且由于动脉硬化导致残损的地方还不少。就在这样的血管上用'面'来进行缝合，知道这种手术有多难了吧。能够做到这点的心脏外科医生，一只手都能数得过来。"

"赤石教授是其中之一吧？"

"不是'其中之一'，而是'唯一'。"

"'唯一'是什么意思？"

一直盯着监控的牧转过头来问道。

"赤石教授将冠状动脉和桥血管切开后再缝到一起。相比起'打补丁'，更像是将两根血管合二为一。这样一来，无论患者的状态多么糟糕，术后都不会出现血管堵塞。"

"将那么细的两根血管合二为一……"

宇佐美目不转睛地盯着监控器，赞叹地叹了口气。

看着实习生们的反应，祐介不禁偷笑，果然在一开始就让实习生们来手术台参观学习是个正确的决定。观看心脏外科界顶级手术，他们一定会被激发出更大的工作热情。

特别是……祐介将视线投向身旁眼神闪闪发亮的乡野。

乡野对手术持有浓厚的兴趣，对他而言，这种手术应该十分震撼。首先要在他身上下功夫，之后再在余下的两人中选一位……

祐介边在心中打着算盘，边紧紧盯着监控器。画面里，手术针正行云流水般地缝合着血管。

大约一小时后，赤石终于完成了三根冠状动脉血管的缝合工作，留了句"接下来拜托了"便离开了手术台。他脱下隔离服扔掉向出口走去，手术台旁的众人对着他的背影齐声道："您辛苦了！"

几乎在赤石的身影消失在自动门那边的同时，屋里的气氛一下子松弛下来。

"赤石教授只做搭桥这部分吗？"宇佐美歪着脑袋问道。

"赤石教授接下来还有很多台手术。为了减少他的工作量，像开胸、露出心肌、装稳定器和闭胸这些工作都是交给第一助手来做。"

"原来如此啊，看来这位医生也很厉害呢。"

监控画面中，持针器和医用小镊子配合默契地迅速移动着，转眼间便将被切开的包裹着心脏的心包部分恢复如初。

针谷……祐介回头望向站在手术台边的第一助手，一瞬间，右手中指闪过一阵轻微的痛感。

针谷淳。空手道部小一年的学弟，赤石的外甥。

针谷确实技术高超。不过，自己应该也不比他逊色。

祐介的心中升起一股强烈的胜负欲。

目前心脏外科的医局员临近结业、可能调动至联营医院的只有祐介和针谷二人。而且，针谷也希望调去富士第一综合医院。

这样下去，去富士第一综合医院的机会就会被针谷夺走了。这一两年祐介一直生活在这样的恐惧之中。赤石虽没有对针谷另眼相待（至少表面上没有），但身为医局长的肥后等人对于"教授外甥"这个身份则是毕恭毕敬，不仅让他在多台手术中担任第一助手，还在他成为住院医师后，专门为他配了多名三年级到五年级的医局员帮忙。也正因如此，针谷身上的住院和病房工作也被分流了一部分，像祐介那样几天都回不了家的情况很少发生。

最令人恼火的是，针谷并未察觉自己受到了优待。他从学生时代似乎就少根筋，脸上总是带着真诚的笑容。这个特点他至今还保留着。

每次针谷热情地和自己打招呼时，祐介都会抑制不住地厌恶自己，仿佛自己那丑陋的嫉妒心被裸露在光天化日之下。

就在祐介默默咬紧牙关的同时，闭胸手术正有条不紊地进行着。针谷完成最后一针皮肤缝合，低下头向周围人道谢："多谢大家。"其余工作人员也照着他的样子道谢。

针谷和第二助手一离开手术台，麻醉师及其他的工作人员便开始了余下的操作。接下来该送患者回ICU了。

"平良前辈，辛苦了。"

已经脱下隔离服和手套的针谷向祐介走来。

祐介小心地隐藏着内心中已经快溢出的黑暗念头，回答道："啊，辛苦啦。"

"啊，他们就是今天来报到的实习医生吧？"

"是的，请您多关照。"

实习生们异口同声地说道。

"请多关照。不过，你们能在平良前辈手下学习，真是幸运啊。"

针谷摘下口罩，嘴角微微上扬。

"幸运？"

牧小声说道。而针谷夸张地张开双手。

"因为前辈的指导非常通俗易懂。我在空手道部的时候，前辈可以说是我的贴身教练了，幸亏有他，我才夺得了东医体个人赛的冠军。"

祐介因用力而扭曲了的表情顿时凝固在脸上。

曾经，面对着什么都要来请教一下的针谷，祐介毫无保留地将毕生所学都教给他。针谷就像一块干燥的海绵般不知疲倦地吸收着各种技巧，直到他的实力最终凌驾于祐介之上。

祐介曾在六年级时参加了东日本医学生综合体育大会，简称"东医体"。就在这一东日本最大的医学生体育大会上的个人赛半决赛上，针谷站在了祐介面前。他毫不留情地将祐介逼退至场外线处后使出背后旋转踢。而这招曾是祐介的必杀技，他原原本本地教给了针谷。

虽然两手在侧腹上已经摆出了防御的姿势，但这饱含了对方力量和离心力的一脚带来的冲击力越过双手直冲向脏器，祐介禁不住呻吟一声，膝下一软。他双手按腹，以如跪地求饶一般屈辱的体式蹲在场上，听到了裁判宣布的"一本"。

那时的屈辱和失败感，即使是在将近十年后的今天，也仿佛昨天刚经历过一般清晰。

"准备好了，现在送患者回 ICU——"
麻醉师大声说道。

"我要陪病人回去，先失陪了。你们几个加油吧。前辈，我先走了。"

针谷说着小跑着走向担架。

"这位医生性格很好呢。"

听着牧的话，祐介竟有些无言以对。牧不可思议地看了他一眼。

"……手术也结束了，我们回病房吧。"

半晌，祐介挤出一句话，舌尖还残留着些许苦涩。

"好嘞，就差最后一条咯。"

祐介在电子病历前环视着实习生们。手术见学后，祐介结束了查房和日常工作便开始检查实习生们录入的电子病历和门诊开的处方。由于他们已经接受了一年半的训练，总体来看没什么大问题。祐介详细地讲述了每个患者的情况和修正的要点，实习生们认真地听着。

祐介看了一眼手表，时间已经六点半过一点了。

"那么今天就到这里吧。明天上午还有手术，八点钟大家在这里集合。"

"欸，这样就结束了吗？"

"是，怎么了？"

"没有，只是我听说心脏外科都要加班至半夜或是每天都睡在医院里而已，没想到这么早就下班了。"

祐介顿时感觉身体一凉，正准备出发去ICU住一晚。犹豫片刻后，祐介舔了舔嘴唇。

"……确实有住在医院的情况。不过这会儿没有重症患者，能早回去就尽量早点吧。"

祐介本想用轻松的语气说话，岂料话一出口声音却是嘶哑的。乡野的眉毛一动。

"我们想体验一下心脏外科真实的生活。所以如果真的需要住在医院，请不要顾忌我们实习生的身份，直接传达就好。"

望着他认真的眼神，祐介吞了口唾沫。宇佐美和牧都微微点头表示同意。

果然还是应该让这三个人加入ICU患者的治疗中来吗？只是，患者情况危重，接下来还不知道要住在医院几天。一下子将残酷的现实毫无保留地展现在实习生们面前，他们能接受得了吗？

如果他们不能成功留在心脏外科，自己一直以来泣血般的辛苦都将化为泡影，祐介的内心苦苦挣扎着。

他沉默了十秒，犹豫着开口道："有必要的话，会让你们一起守夜的，所以你们今天得早点回去休息，好养精蓄锐。"

"……明白了。"

乡野点了点头，似乎有些不服气。

这样就行了，一开始没有必要让他们看到心脏外科最残酷的一面。是的，这样就行了……祐介拼命地说服自己。

"明天虽然就是个小手术，但我准备让你们上手术台做助手。你们都各自做好准备吧，那么，今天先到这里，辛苦了。"

祐介迅速地说完后，三个人道了声"辛苦了"便离开了。目送着实习生们的身影消失在护士站出口后，他深深地叹了口气。

实习第一天总算顺利应付过去了。以这个节奏把这一个月熬过去的话……

想到这儿，乡野那张认真的脸在祐介脑海中一闪而过。

欺骗带来的罪恶感重重地压在了他的心里。

他从 ICU 的护士站向里面望去，之前那位患者的家属们像要将病床包围一般并排坐在椅子上。

患者病情恶化得比预想的要快。即使他已经将升压药的剂量调至最大，还是控制不住持续下滑的血压。而且，从几小时前到现在也几乎没什么尿，出现这种情况就说明患者已到弥留之际，这是身为医生的常识。恐怕患者都撑不到明天早上吧。

大约一个小时前，祐介已将情况向家属和盘托出。患者的妻子默默流着泪，低头听着。

现在已经快十一点了。虽然午饭吃了荞麦面后什么都没吃，祐介却毫无饥饿感。他转过身来面向电子病历，慢慢地输入"确认DNR"几个字。

DNR 的意思是，在病人心肺功能停止之际，决定不实施抢救。

一小时前，患者妻子听完祐介的话，用细若游丝般的声音说道："真到了那个时候，请让他走吧。"祐介在征求了其他家属的意见后，确认了 DNR。

"晚上好，平良前辈。"

身后传来一个男声，祐介回头一看，原来是诹访野。

"什么啊，又是你。今天也值班吗？"

"我怎么会连续值班呢？只是负责的病人状态不妙而已。不过我现在就要走了。"

"循环内科也不容易啊。"

"比起心脏外科倒是轻松多了。"

诹访野搬过来一把折叠椅，放到祐介身旁，双手支在椅背上反着坐下来。

"不回去吗？"

"不，我想先和前辈说几句话。"

诹访野故意往周边看了一圈。

"前辈，话说实习生们去哪里了？"

"……已经回去了。"

"哎呀哎呀。"

诹访野露出一个不怀好意的笑容。

"干吗啊？有话直说。"

"没什么没什么，只是觉得前辈果然用了这招啊。"

他嘲笑般的语气虽然令人恼火，却也无法反驳。面前的这个男人最擅长嘴上功夫，即使自己和他争论，也难免落个被轻易驳回的下场。

"先别说这个了，你来帮我看看这个病人，从你们内科的角度来看，这样处理有没有什么问题？"

祐介故意岔开话题，用手指着电子病历的显示屏说道。

"这个是那边病床病人的电子病历吧，他好像已经没有尿了吧？"

诹访野收起戏谑的笑容，表情严肃起来。

"啊，是的。我目前就是尽量让家属和他多待一会儿。事出突然，他的家人到现在都很难接受现实，特别是他的妻子。"

"可以给我看下吗？"

诹访野啪啪地在屏幕上点着鼠标找出了一大串数据，他沉默了两三分钟，望着电子屏幕挠了挠头。

"我认为这样已经足够了，再加码恐怕会让病情加速恶化，您的操作很合理。"

"你这是在夸我？"

"当然是在夸奖您了。外科医生除了手术外还需要酌情处理病人的其他情况。不过，前辈在治病救人上可不比我们内科医生逊色。"

"谢谢了……"

这突如其来的恭维让祐介不禁提高了警惕。

"别的不说，前辈真是认真负责。这一点好也不好。"

"不好是什么意思？"

"前辈太认真了，以至于不懂变通。您明明可以给自己减负，却要较那个真，自己扛起一切。"

"较真……"

"难道不是吗？今天赤石教授做手术的那个病人，好像针谷才是主治医生吧，但是他早就回去了。"

"因为针谷手底下有其他住院医师啊。他们基本的操作都会，可以轮班看着病人。"

"但是，医局也给您配过住院医师，可您也没有将病人交给他们自己回家过吧？"

祐介被戳到痛处，禁不住皱起眉头。事实正如诹访野所说，自己虽然和手下的住院医师一起夜宿在医院，却从来没把病人单独丢给他们自己回家。

"这是因为我不放心把病人单独交给住院医师……"

"您刚才自己也说，他们都会基本操作。您只是不好意思把麻烦都推给别人罢了。"

祐介又一次被说中心事，他眉间的皱纹又深了几分。

"这一点正是好坏参半的地方，您太认真了。相比之下，针谷在这点上就很精明，他从没像您这样消耗过自己。"

"这和他没关系吧！"

突然把自己和让自己感到自卑的对象放到一起比较，祐介不禁将声音提高了八度。这声音在深夜的 ICU 里格外响亮，护士们纷纷回头望向他俩。诹访野也瞪大了眼睛。

"不好意思，声音太大了。"

"不不，是我说得太多了。这确实和针谷没关系。只是，您如果再不缓口气的话，总有一天会崩溃的，身体和心理都是。"

"我知道……"

其实不用他说，祐介也注意到了这点。这几个月他总觉得脑袋和身体都很沉，食欲不振，体重也下降了。

快到极限了。正因如此，他必须让实习生们留下来以实现自己调往富士第一综合医院的目标。市里面的医院的工作应该会比这里轻松许多，而且还可以积累不少冠状动脉手术的临床经验。只要能去那所医院，自己就不会崩溃。

"我知道我说的这些话很多余，但请让我再说最后几句。"

诹访野正色道。

"我认为对于前辈来说，为了让实习生们留在局里而刻意隐瞒其黑暗面，这本身就是一种压力。即使最后成功了，您也会对此抱有负罪感，进而转化为另一种压力。请您务必注意这点。"

也许是这样的。但是现在说这些已经晚了，开弓没有回头箭。他已经决定在这一个月里不让实习生们知道心脏外科的残酷。

"……平良老师——"

一个声音从身旁传来。祐介定睛一看，护士脸色沉重地站在那里。

"心跳一直在下降……"

祐介将视线投向监测仪。一直以来支撑着脉搏和向全身输送血液的心脏的负荷已经快到极限了。

大限将至，数次与死神交手的经验让他明白，这是大限将至。

全身血液的流动即将停止，届时各器官将会是缺氧状态。接下来，心跳随时可能停止。

"知道了。"

祐介声音低沉地答道，正在这时，ICU 的自动门开了，他下意识地朝那边望去，发出一声闷哼。

来人是他带的实习生们。

乡野、牧、宇佐美三人身穿防护服，神情严肃地朝他走来。

"你……你们怎么来了？"

"我们从麻醉科的实习生那里听说了，说是 ICU 里面有一位您负责的重症患者，为了治疗，您每天都住在医院里。"

　　面前的乡野尽量隐藏起焦虑的神情说道。

　　祐介无话可说，只能呆呆地站在那里，余光里只见诹访野仰面朝天，一副"我早和你说过了吧"的样子。

　　"就是那边病床的患者吧。刚才我们三个人看到他的病历了，手术后他的状态一直很差。"

　　牧指了指病床。祐介只好默默地点头。

　　"为什么不告诉我们呢？您刚刚明明说没有重症患者。"

　　宇佐美的脸由于激动有些涨红了。祐介拼命地在脑海中构思着理由。

　　"不是，因为我一直给他看病……"

　　"是我们在旁会耽误事吗？还是说……"

　　乡野倏地眯起了眼睛。

　　"您是怕我们知道了心脏外科的残酷后就不留下吗？"

　　祐介被戳穿了心事，更加无言以对。见状，宇佐美大大地叹了口气。

　　牧向前迈了一步。

　　"平良老师，我们当然知道心脏外科比其他科室忙碌许多，但我们是充分考虑了这点才过来的。我们想看看真正的医疗现场。"

　　祐介再无借口可找。也许是因为场面过于尴尬，诹访野不知何时悄悄溜走了。

　　"……抱歉。"

　　祐介艰难地从喉咙里挤出一句道歉，可实习生们的怒气却全然未消。

　　沉默在空气中蔓延开来，压得祐介有些喘不过气。他把手放在领口想松松扣子，这时，护士犹豫不决地开口说道：

"那个……平良老师，病人没有心跳了。"

祐介和实习生们一齐回头。病床旁边的监视器上显示的心电图已成为一条直线。

"……等一下。"

祐介慢慢地走近病床，病人的妻子紧紧贴着已了无生息的丈夫，发出一丝压抑的哭声。

祐介向其他家属示意后拔下了监视仪的电源，关掉了呼吸机。刚才还在起伏的病人的胸口平静下来。病人的妻子忽然抬起头，祐介不失时机地捕捉到了她那充满血丝的眼睛。

"请让我检查一下。"

她茫然地被周围的家属催促着从病床前走开，祐介从上衣口袋中取出了小手电筒。

"失礼了。"

他用轻柔的声音说道，翻开了病人的眼睑，用手电筒的光照射过去，两只眼睛的瞳孔完全散开了。接着，祐介解开了他病号服的前胸扣子，取下还微微渗血的纱布，露出了布满手术痕迹的前胸。祐介将听诊器贴了上去，呼吸和心跳都已经没有了。

他将听诊器复又挂到脖子上，整整齐齐地整理了病号服，回头望向家属们。

"检查完毕。今天二十三时五十二分，确认病人死亡。"

祐介深深欠身，家属们条件反射般地低下了头。只有病人的妻子仍旧用茫然的目光盯着病床上的丈夫。

"接下来我要拔下病人身上所有的管子，为他清洁身体。之后我会把时间留给家人。请在病房外的椅子上稍作休息，整理的时间不会太长。"

“麻烦您了。”

病人的长子低下头，对仍旧失魂落魄的母亲说了声“走吧”。他扶住母亲的肩膀带她离开了病床。

护士动作麻利地从病人身上拔下吊针和监视仪的线，祐介就趁这个工夫走向护士站。他需要出具死亡证明，除此之外，还有更沉重的任务。

三个实习生神情复杂地望着祐介走来。

“……已经去世了？”

正在祐介从抽屉里拿出死亡诊断书的时候，牧犹豫地开口道。

“是……”

祐介坐在椅子上开始写死亡诊断书。

“病人已经死亡。这里已经没事了，你们可以回去了。”

他知道这句话对实习生们来说无异于火上浇油。但是，他身心俱疲，已经没有其他言语可以应对。

“并不是这个意思吧……”

宇佐美还想争辩几句，却没能继续说下去。

时间一下子慢下来，祐介沉默着继续填写诊断书。

“平良医生……”

一个声音突然传来。祐介停笔，只见病人的长子不知在什么时候站到了他身旁。他身边站着垂头丧气的母亲。祐介急忙站起身来。

“怎么了？”

“妈妈有句话特别想和您说。”

“什么话？”

祐介问道，视线忽地和病人妻子相交了，她那被泪水浸湿的眼睛还是失焦的状态。

"请您节哀，很遗憾我们没能挽救您丈夫的生命。"

"他……多谢你们。"

病人妻子呜咽着说出这句话，猛地向祐介低下头来。

"我丈夫他一定也很感激您曾拼尽全力来救他。我想代替他谢谢您。"

"怎么会？我只是尽了分内之责。"

祐介忙在胸前连连摆手。病人妻子直直地望着他。

"不，今天白天，您仔细地将粘在我丈夫脸上的污渍擦干净了，很小的一块污渍，连我都没注意到。而且，您对我丈夫打招呼时还是那么彬彬有礼，明明他还在昏迷中。您的这个举动也给了我很大信心。"

病人妻子两手紧紧地握住祐介的右手，甚至抓得他有些痛。

"他能在弥留之际遇到您这样的好医生，这是他的幸运。"

她又一次哽咽了。祐介将空出来的那只手放到她的背上。

"我认为，您丈夫有您这样一直陪伴在旁的妻子才是幸运的。"

呜咽之声更大了。长子抱住母亲的肩膀。

"大夫，这段时间家父家母承蒙您照料，我们不胜感激。妈妈，走吧。"

病人妻子连连点头，和儿子离开了医院。祐介终于感到萦绕全身的疲累消散了些。

再度坐回椅子的祐介，仍旧带着阴沉的脸色环顾实习生们。

"接下来我要为病人出具死亡证明，送他最后一程。你们先回去吧，准备明天的实习内容。该休息的时候休息，也是工作的一部分。"

实习生们面面相觑，小声商议着什么后望向祐介。

"……那我们先告辞了。"

　　宇佐美神情阴郁地说完后，三个人转身向出口走去。望着他们消失在自动门后，祐介叹了口气再次开始写诊断书。

　　这可谓最糟糕的开始了。这样下去明天真的能顺利度过吗？笔尖划过纸张发出干巴巴的声音，空洞地在周围回响。

4

无影灯照射着手术区域，深红的上臂动脉一跳一跳的。

"再开大一点。"

手持持针器和镊子的祐介向坐在对面的乡野说道。乡野沉默地用双手拿着钩子将手术部位左右扩张开。

送走 ICU 的病人的第二天，祐介一大早就接到了三个血液透析手术，连喝口水的时间都没有。这是一个面对肾功能衰竭患者的血液透析手术，手术中需要切开患者的上臂血管，将动脉和静脉接到一起，创造出一根新血管以便进行血液透析。

他已经接连完成两个手术了，这是最后一个。每做一次祐介都要换一个实习生做助手，这回轮到乡野了，然而这家伙在手术过程中一直保持沉默，连看都不看祐介一眼。

今早，牧和宇佐美虽然态度冷淡，可还能保持大体如常。只有乡野保持着对抗的态度。

也许自己应该提醒他一下，治疗是协作进行的，只要有一个人不配合，就可能对患者造成恶劣影响。

不过，这一切的导火索都在自己身上，祐介一时间有些拿不定主意。

接好血管后，祐介突然感到右手中指一阵酥麻，他停下了手上的动作。

偏偏是在这个时候……中指上传来的微微震动传导到了持针器和前段的针上。

这时，祐介突然感到一道火辣辣的目光，他抬起头来，只见乡野眯起眼睛，嘲弄般地用鼻子哼了一声。面对这赤裸裸的蔑视，祐介全身的血液一下冲到头顶。愤怒和耻辱盖过了手指的异样，针的震动停了下来。

他再度开始缝合血管，确认数根纤细的透析血管血流通畅后着手缝合皮肤。之后，他用纱布固定住缝合的伤口，向周围人道了声"辛苦了"便取下了盖在患者身上的无菌罩。患者的面容渐渐开始恢复血色。

祐介离开手术台，将隔离服从颈部处撕破，和摘下来的手套卷在一起扔进垃圾箱。隔离服内氤氲的热气顿时消散开来，他顿感心情舒畅。正在这时，乡野开口了。

"平良老师，今年是第九年了吧？"

"啊，是的……"

祐介略带戒备地答道。听罢，乡野扬起了嘴角。

"今天这个手术，是来心脏外科第九年的外科医生应该做的吗？透析手术，肾脏内科医生也能做吧？"

"……血管由专门的外科医生来做会比较耐用，所以在我们这里透析手术一直是心脏外科的活儿。"

祐介拼命压抑着内心的焦躁答道，乡野却好像并不买账，用手隔着手术帽嘎吱嘎吱地挠头。

“我当然知道心脏外科来做这个手术更好，不过，像这样的小手术，让更年轻的医生来做不是更好吗？还特意点名让有九年经验的老医生来做。”

“年轻医生也会做啊。只是，怎么说呢……这种简单的手术委托比较多，大家都分摊做的。”

明明他只是阐述事情，却不知怎的有些语无伦次。乡野故意使劲儿耸了耸肩。

“简单的手术？但是您刚才不是手抖了吗？”

乡野不顾及强压着怒火的祐介，自顾自地说了下去：

“我原以为您口中的‘手术’肯定是开胸手术呢。难道您还没做过心脏手术吗？不过，若是针谷医生的话，应该已经是熟手了。”

听到针谷的名字，祐介浑身打了个激灵。为什么这时候要提他？意思是自己不如那家伙吗？

他的自尊心被深深刺痛了，强烈的愤怒在全身游走，紧握着的双拳直颤。

正当祐介要怒吼之时，刺耳的声音划破空气。

“乡野君！”

宇佐美挡在乡野身前。被打断的乡野不满地噘起了嘴：“干什么啊？”

“你说干什么？你太猖狂了，快点道歉。”

娇小的宇佐美斥责高大的乡野，这情景不知怎的竟有些滑稽，游走于祐介全身的愤怒顿时烟消云散。

乡野紧紧抿着嘴唇，瞥了一眼祐介，像逃一般离开了手术室。

“对不起，平良老师。”牧缩了缩脖子，“那家伙不是坏人，就是有点小孩子气。"

"算了，没事。"

自己才是始作俑者，祐介反省着刚刚几欲发作的愤怒。

"你们下午还要跟着查房吧，手术也结束了，我们先去吃午饭吧。"

祐介努力用轻快的语气说道。牧和宇佐美对视一眼，两个人的脸上明显写着拒绝。

"不过，要是有安排的话就算了。"祐介慌忙补充道。

"抱歉。查房前我们要和乡野见个面，和他有些话要说。"

"没关系，你们去吧。那么，下午一点在病房楼集合。"

两人齐声道："好的，知道了。"接着离开了手术室。

患者已经被护士护送着回病房了，手术室里只剩下祐介一个人仰面对着天花板，冷白的荧光倾泻在他脸上。

虽然牧和宇佐美两个人的不满没有表现得像乡野那么明显，但二人心里也生出了深深的隔阂。昨晚的事情大概严重地伤害了他们对他的信任吧。

……不管怎么说，查房前先把午饭解决了吧。祐介朝出口走去，他毫无食欲，可不吃点什么的话，这之后会更难熬。

他发出一声重重的叹息，声音回荡在空空的手术室里。

"这里有人吗？"

祐介大嚼特嚼着素面，这时，一个身穿白衣服的高挑女性端着一碗猪排饭向他招呼道。微卷的长发在她脑后束起，化着淡妆的脸上浮现出些许恶作剧般的笑容。

这是心脏外科的副教授——柳泽千寻。

心脏外科分为两个组，一组是针对成人冠状动脉疾病和瓣膜症进行治疗的成人心脏外科组，还有一组则是针对先天心脏畸形的小儿治疗组。成人组由主任教授赤石教授负责，小儿组的带头人则是眼前这位柳泽。

"啊，柳组长。请坐请坐。"

"谢谢。"

柳泽在对面坐下，交叉起双腿，用手拢了拢头发。她今年应该有四十五岁了，可耀眼的美貌和富有弹性的肌肤让她看起来也就三十多岁。

"太好了太好了，中午人太多，都没座位了。"

柳泽将盖子打开，猪排饭的热气顿时蒸腾开来。

"猪排饭啊，胃能消化得了吗？"

"说什么呢，高强度的工作需要高能量啊。平良君，你也要多吃些'硬菜'啊，不然我请客吧。"

柳泽夹起一块猪排放入口中。

"最近我的胃不太舒服，吃点清淡的就好。"

"你是不是太累了？黑眼圈好重啊，像涂了眼影似的。"

柳泽在下眼睑做出涂抹的动作。

"最近睡眠不足……"

"外科医生的身体才是本钱哟，找时间好好休息下吧。"

"是啊。"

祐介认可地点点头。如果是别人对他说这个，他可能会很反感，但这话从柳泽口中说出来就不同了。四年前，当他还是实习医生的时候，柳泽是负责带他的指导医生。她带着满腔热情毫无保留地将心脏外科的全部知识传授给了他。祐介对这个东京出身的副教授深为信赖。

“话说，你怎么一个人呢？我记得昨天新来了三个实习生啊。”

说话间，柳泽已经干掉了半碗猪排饭，她环顾着祐介身旁。

“……不知道他们在哪儿坐着呢。”

“不是，这样没关系吗？三个人中必须留下两个，不然你就去不了富士第一综合医院了哟。”

柳泽皱起了漂亮的眉毛。

“……这个我知道。”

“这件事目前已经传开了。肥后逢人便说‘已经告诉平良那家伙了，如果他能留下两个实习生，就能去富士第一综合医院’。”

柳泽模仿着肥后的语气。

“反过来讲，就是如果不让两个人留下来，你就去不了富士第一综合医院了。”

他仿佛自我虐待般一边小声说着，一边在碗中翻搅着面汤。

“不是挺好的吗？我倒觉得这是个机会，再这样下去那个肥后君一定会让针谷去富士第一综合医院。”

祐介说到针谷的名字时，脸上的肌肉不由得抽动了一下。

“这个嘛，针谷君确实很优秀，手术技术一流，对待工作也是游刃有余。以他的能力去富士第一综合医院足够了。不过嘛……”

柳泽深深地望着祐介的眼睛。

“我认为平良君也有去富士第一综合医院的资格。”

“欸？”

“跟针谷君比起来，你确实不够变通，不会巧妙地把工作分给别人，到头来自己最累。手上的功夫也一样，不如针谷那样有天赋。”

眼见着祐介不快地噘起嘴，柳泽微微笑了一下。

"不过呢，你毫不吝惜自己的努力，一有空就进行缝合练习，内科知识也很扎实，对待患者又很有耐心。不如针谷君的地方，你统统用努力弥补上了。我认为，这份努力应该获得回报。"

"……谢谢。"

祐介一时间不知道该说什么好，只好挠了挠头。

"所以，加加油去好好指导实习生们吧。没必要死乞白赖地哄着他们留下来，以你最自然的状态去对待他们就好。"

"最自然的状态吗……"

祐介突然想起，之前诹访野也是这么说的。

"不过，如果真有万一，你就来我们小儿心脏外科组啊，大门向你敞开着。为了成为一名能够独当一面的外科医生，你可要踏踏实实地带实习生哟。"

柳泽调皮地扬了下嘴角，把剩下的猪排饭全部扒拉到嘴里。

"谢谢。届时就拜托您了。"

祐介发自内心地感谢着她。和柳泽说完话后，压在他心中的大石头一下子卸掉了。

实习才刚刚开始，一定会有挽回的机会。

祐介给自己鼓着劲儿，将剩下的面汤一饮而尽。

5

"那么，就按照原计划，明天出院。"

祐介对躺在病床上的略微上了点年纪的女性说道。

"真是麻烦医生您了。非常感谢。"

女病人支起上身，深深地向祐介低下头来。

"主要还是靠您自己的努力。不过，出院后也要定期复查，请您千万别忘记了。"

"一定的，就算爬也要爬过来。"

"到了那时，请您叫救护车过来。"

祐介开了个玩笑便带着实习生们离开了病房。

"这个病人明天要出院，宇佐美，麻烦你为她办理手续并写一份出院后的疗养计划书。"

负责这个病人的是宇佐美，她点了点头道："好的。"

这时，宇佐美身后的乡野故意扭过头去，祐介见状不由得皱起了眉头。他原本想着，随着时间流逝乡野的态度会有所改变，岂料他竟越来越顽固不化。

　　祐介带着不快的心情和实习生们一起走在走廊里，今天的查房很顺利，只剩下最后一位病人了。他敲敲门，进入了单人间病房。这是一间大约有六张榻榻米那么大的房间，屋内设施简单素雅，窗户旁边的病床上躺着一位高龄男子。他是上周刚刚住进来的高桥吾郎。病床旁的椅子上坐着的正是他的妻子和女儿。

　　"今天感觉如何，高桥先生？胸还痛吗？"

　　祐介走向病床问道。

　　"多亏了您，住院之后就没再痛过了。"

　　"是吗？那真不错。"

　　"对了大夫，关于治疗方案怎么说？需要做手术吗？"

　　高桥脸上浮现出不安的神情，他努力坐起身。

　　"还是像我之前跟您沟通过的，会在明天的会议上决定最佳的方案，之后我再来向您说明。非常抱歉，不过还是请您稍作等待。"

　　高桥垂下头来："……知道了。"

　　今年已经八十岁的高桥吾郎，上周主诉"最近一走路就觉得胸口发闷"去了他家附近的诊所就诊。那家诊所的所长曾是心脏外科的医生，一听症状便立刻要求他来纯正医大附属医院做详细的身体检查。经查，患者的冠状动脉血管存在多处狭窄，医院马上为其办理了住院手续。

　　"那个……也有不用开胸就能做的手术吧？"

　　高桥犹犹豫豫地问道。

　　"您说的是导管治疗法吧。从脚跟或是手腕处的动脉用导管接入心脏，再向导管中吹气让冠状动脉扩张的治疗方法。"

　　"您能不能给我用这种方法治疗？一下子把胸部切开总觉得不踏实。"

"非常遗憾，这个要根据病变血管的长度和位置决定，很多情况下是不能使用这种方法的。"

"这样啊……"

高桥垂头丧气地说道。

"正如我刚刚说的，明天我们会在会上选择最佳的治疗方案。届时我再和您详细说明。"

"好的……拜托您了。"

高桥没有抬头，小声嘟囔着。

之后，祐介为其进行听诊等常规检查后便退出了病房。

"好了，今天的查房结束了。之后就是写病历、勘误和开处方了。"

祐介在走廊上环顾着实习生们。牧和宇佐美都点头称是，只有乡野没反应。

这可如何是好……祐介左右为难。他回到护士站在电子病历前坐定，调出了高桥的数据。

明天心脏外科和循环内科要针对这名患者进行会诊，名为"冠状动脉会议"。届时，自己将在会上做报告。

在以往的会诊上，心脏外科和循环内科曾围绕着诊疗方案擦出过不少火花。是心脏外科来做搭桥术呢，还是循环内科来做导管治疗呢？只要能从二者中确定一个，两个科室之间就不会起争执。问题就在于这是个需要在二者中择其一的微妙案例。

祐介望着显示屏上冠状动脉的图像，挠了挠头。这个高桥正好属于"微妙的案例"。他的血管上随处可见变窄的部分，但只有一小部分属于严重狭窄。用导管治疗术去扩张的话，优点是术后不会出现心绞痛。但是，高桥的血管劣化严重，出现部分堵塞的风险很高，采用血管搭桥术则可以预防心肌梗死。不过，考虑到高桥的年龄，也许还是采取保守治疗比较好……

"平良老师。"

正当祐介双手环抱在胸前苦苦思索之时，牧的声音在耳边响起。

"啊，你来了，病历写完了？"

"嗯，写完了，待会儿请您检查。还有件事，我有个小小的请求，明天会议上要做关于高桥先生的病历报告吧，能不能让我来做呢？"

"高桥先生的病历报告？"

祐介眨了眨眼。

"是的，高桥先生是我负责的病人。这两天我一直在阅读他的病历，已经把全部信息都记在脑海中了。明天请让我来做报告。"

"为什么一定要在明天做报告呢？"

"我以后想去做研究，希望尽量多地积累些报告经验。而且，赤石教授明天也会参会吧，如果我能入职，希望能去他的团队。因此……"

原来如此，他想在会议上给赤石教授留个好印象。

祐介恍然大悟，抱起了手臂。冠状动脉会议上，根据报告的情况，治疗方案可能也会产生巨大改变，这么重要的报告，真的能委托给一个实习生吗？祐介并非不想给他们机会做报告，而是打算让他们在不影响治疗方案的情况下去做。

他沉思了数十秒，抬头望着牧。

"知道了，就交给你了。不过，工作结束后我们两个得对一下内容，这也是为了你好。可以吧？"

既然牧对做报告这么有热情，指导医生也需要给机会。自己这边给予支持的话，他的报告也能做得更好。

牧的表情一下子放松下来，他的声音少有地响亮起来。

“好的，那就麻烦您了！”

“……所以，重点在病人的糖尿病史和血管狭窄的位置。特别是位于左冠状动脉起始部分的轻度狭窄，如何去评价这段狭窄，我认为将会在会上讨论。”

祐介边指着电子病历边说道。

屏幕的右下角显示着时间，现在是“21：12”。这两个小时，祐介和牧就冠状动脉会议的流程、报告的形式、应该准备的资料、报告的重点等内容做了详细说明。由于要担任报告人，牧认真地听取了说明，将报告计划改了又改。

“那么，还有不明白的地方吗？”

“这个病人是应该进行搭桥术呢，还是用导管治疗即可呢？报告人需要阐述自己的意见吗？”

“不，一般来说不需要做到那步。介绍完患者情况后，医生们会据此决定治疗方案。不过，如果两边意见不统一，作为参考也会将报告人的意见纳入其中。”

而且，这个病例引起意见不统一的概率很高……祐介在心中默默加上一句。

“这样的话，我还是提前准备一下我个人的治疗方案吧，以防万一。”

“这倒不用……”

要求他做到这些，对一个实习生而言压力还是太大了。

“啊，难道说，我作为心脏外科的一员，应该尽量选择心脏搭桥术作为治疗方案？这样的话，我们科室的手术又能增加一例了。”

对祐介的迟疑，牧会错了意，神情有些黯淡。

"欸，不不，不是那样的。就算是我们科室的病人，如果对方希望采用导管治疗，我们也一定要为其据理力争。会议的目的是选出最适合患者的治疗方案。"

祐介慌忙说道。听罢，牧脸上的神情松弛下来。

"听您这样说我就放心了。那么，我要去图书室找找相关文献，看看哪个方案比较合适。今天承蒙您指导，非常感谢。"

牧低头致意，接着站起身来。

"你要去看文献吗？需要我帮忙吗？"

"没关系，我自己就可以。"

望着跟着站起身来的祐介，牧斩钉截铁地说道。面对着有些热情过头的祐介，他的礼貌里带着微微的拒绝。虽然不像乡野表现得那么明显，但经过昨夜的事情，他内心中对祐介也多少有些不信任。

"这样啊……也别太勉强自己了。"

祐介话音刚落，便听到一声沉闷的呼喊："喂，平良！"他回头一看，只见医局长肥后从护士站的门口走进来。

"啊，肥后医生，您好。"

"我可听说略，明天的冠状动脉会议，你要让实习生来做高桥的病历报告。"

肥后走过来，指着祐介的鼻尖说道。他似乎是听谁说了二人正在此做明日报告的准备工作。

"是的，我准备让牧去做……"

祐介微微后仰答道，神似宠物狗的肥后脸上顿时露出复杂的神情。他似乎特别不想让实习生去做报告，但是当着牧的面又不好表露出这种情绪。可能他对有入职可能的实习生还抱有些许忌惮吧。

"……你有好好指导他吧？"

“那是当然。牧是个很优秀的孩子，好好准备的话一定能做好报告。”

祐介话音刚落，肥后立马展现出焦急的样子。

“不，不是！你听不懂话吗！我说的不是这个意思！”

“您这话是什么意思……”

“真是悟性太差。明天在会上，循环内科那帮家伙一定会主张用导管治疗，他们会说：‘病人年纪太大，保守治疗对他更好。’”

“哈，这样啊。”

“还不明白吗？听好了，是用搭桥术还是导管术，这个病例一定会引起争论。这时候主治医生的意见会对最终的治疗方案产生很大影响。”

“……知道了。”

察觉到肥后意图的祐介不禁有些头痛，他本不想让牧听到这些。但是，肥后却毫无住口之意。

“听好了，无论发生什么，一定要让这个病人去做搭桥术。好不容易有个我们科的OB①处送来的外面的病例，我不做主刀医生怎么能行？”

牧听罢一下子瞪大了眼睛，祐介不禁在心中连连叫苦。肥后这话的意思无异于“到手的猎物可不能让他跑啰”。

按照惯例，给高桥做开胸手术的将会是外来主治医生肥后。在纯正医大心脏外科，大部分的心脏搭桥手术都由绝对大腕的赤石来完成，肥后主刀的只有像高桥这种临时插进来、赤石绝对没有档期去做的病人。

---

① OB：大便潜血或大便隐血试验。

心脏外科医生为维持技术水平，必须定期上手术台做手术。正是因此，肥后才无论如何都要为高桥做手术。

祐介一时间无言以对。作为外科医生，他并非不能理解肥后的心情，只是从患者的角度出发，这样做多少有些不地道……

"那个……"

正当祐介在脑海中斟酌措辞的时候，牧小心翼翼地开口道。

"什么事？"

肥后脸上的横肉抽搐了一下。

"为了我们自己的方便而自作主张，怎么说呢……我认为是不对的，应该由心脏外科和循环内科两个科室的医生在切实讨论的基础上选择一个最适合的方案。"

"你的意思是和循环内科合作？"

"是的。因为我们是一个团队的战友……"

"是敌人！那帮家伙才不是什么战友，是敌人啊！"

"敌人……"牧张大嘴巴，目瞪口呆。

"啊，是的。对于心脏外科医生来说，循环内科就是敌人。让那帮家伙用导管治疗心肌梗死和心绞痛的话，我们就没有手术可做了，他们就是在从我们手里抢病人啊。"

"那是……医学的进步……"

望着面带困惑、喃喃自语的牧，肥后像是驱赶苍蝇般不耐烦地摆摆手，示意他闭嘴。接着，他将目光投向了祐介。

"平良啊，你是他的指导医生吧，这点事你得好好教他啊。"

祐介边用余光感受着牧冷冷的视线，边点点头："……好。"

"听好了，要是那个病人被循环内科抢走了，你可就当不成手术的一助了。"

　　祐介的后背顿时冒起了冷汗。站在主刀医生对面的第一助手，对于祐介这样正在修习的外科医生来说可谓最重要的工作，在辅助主刀医生做手术的同时，还可以近距离观察手术技巧。在至今仍维持着近似于学徒制度的外科世界里，从第一助手的行列中被排除在外，无异于被夺走磨炼技巧的机会。最重要的是，医局长能够决定手术助手的人选，若是他有心为难，祐介很可能无法再做手术了。

　　肥后留下一句"可别忘了"便迈着重重的脚步离去了。

　　"……平良老师——"

　　呆立在原地的祐介，被牧的说话声拉回了现实世界。

　　"啊，不好意思。走神了。"

　　"医局长刚才说的是真的吗？对于心脏外科医生来说，循环内科就是'敌人'？"

　　"不，没有……"

　　祐介自己从未那样想过。但是，在心脏外科医生中，有肥后那样想法的人不少。

　　"我认为心脏外科和循环内科应该协同合作、相辅相成完成治疗，我们是一个医疗团队。互相对立的话，对患者来说非常不利。"

　　牧不甘心地咬着嘴唇。

　　"如……如果，你不想在明天的会议上做报告，那我……"

　　"我做！"

　　面对着祐介卑微的试探，牧一口回绝。

　　"请交给我来做！"

　　"那……那就拜托了。医局长的话你别放在心上。"

　　"……真的没关系吗？"

　　牧扬起下巴，直直地瞪着祐介。

"欸？"

"医局长说的，真的不要紧吗？如果我认为导管治疗对患者更好，被问到的时候说真话没关系吗？"

"当然了，"祐介想这么说，可这句话就像粘在了嘴边，无论如何也说不出来。牧的脸上浮现出失落的表情。

"……我去图书馆了。"

"啊，牧君……"

祐介慌忙叫他。可是，牧并没有回头，连停下脚步的意思都没有。

"我回来了。"

"欢迎回家——"

玄关门一开，伴随着欢快的声音，妻子美代子一路小跑着过来迎接祐介。

"辛苦啦。哎呀，表情不太好看呢，发生什么事情了吗？"

祐介刚想用"没有的事"敷衍过去却瞬间改变了主意，一切都瞒不过相处了近三十年的妻子的眼睛。

"最近发生了很多令人心累的事情。"

"这样啊。不管怎么说，吃饭要紧，都准备好了，多少吃一点吧。"

她没有再追问具体缘由，这让祐介十分欣慰。

美代子和他青梅竹马，在结束了为期两年的初期实习、刚刚入局心脏外科的时候，他们步入了婚姻殿堂。

美代子在女儿真美出生后曾短暂地全职过一段时间，真美进入幼儿园后，她利用司法代书人的资格开始在家附近的律师事务所做兼职。因此，接送孩子上下幼儿园的任务，就落在了住在他们家附近的祐介的母亲身上。

“真美呢？”

祐介环视了一圈客厅说道。美代子迅速举起食指放在唇边做出“嘘”的动作，接着指了指卧室。

“啊，孩子已经睡下了。”

已经快晚上十点了。因为一直陪牧准备报告内容，才到了这个时间。

牧那冷冷的神情又浮现在脑海中，祐介紧紧地抿住嘴唇。若不是因为操了多余的心，自己也不会被牧看轻，也能陪伴女儿度过愉快的晚间时光，真是诸事不顺。

祐介小心翼翼地打开卧室的推拉门，昏暗的房间中，在堆满布娃娃的小床上，真美在睡梦中发出均匀的呼吸声。

祐介蹑手蹑脚地靠近女儿的小床，动作极轻柔地抚摸着女儿的头发，发丝如绢般柔软顺滑，稍稍抚平了祐介焦躁不安的心。真美不知梦到了什么美好的事情，那睡颜上洋溢着满满的幸福。

祐介回到客厅，美代子已经在餐桌上摆好了餐具。

“准备好了哟。”

“啊，多谢。”

面前是味噌汤、牛肉炖土豆和炒鸡肉，祐介双手合十说道：“我开动了。”肉的香味飘到空气中，挑逗着他的味蕾。

祐介端起味噌汤一饮而尽，温热而甘美的味道在口中蔓延开来。他用筷子连连夹起炒鸡肉放入口中，美代子在对面坐下身来，在自己和丈夫面前各放了一个杯子，向其中注入无酒精啤酒。

“这么长时间辛苦你了。”

“你也是，照顾工作和家庭都不容易。总是辛苦你，真是抱歉。”

“妈也帮了不少忙，也没有那么累。总之，先干杯吧。”

美代子高高地举起杯子。祐介用自己的杯子轻碰上去，泛起细细泡沫的琥珀色液体顺着喉咙流下去，冰爽的刺激感从口中顺着食道一直滑到胃里。

"好久没喝了吧，味道怎么样？"

"说是啤酒，不过是个冒牌货啊。"

祐介苦笑间，美代子又为他倒了一杯。这些年来，他几乎没碰过酒精。不值班的时候他偶尔也会被叫到医院，可不能喝醉了。

"习惯了的话，这种也是美味吧。"

美代子也举起杯子放到嘴边。

"我都快忘了真正的啤酒是什么味道了。"

祐介挥动筷子。在医院住的时候，他常常用杯面就把晚餐解决了，今晚能吃到妻子做的饭，他着实感到开心。

不一会儿，祐介的胃已经被食物塞得满满的，他再次双手合十，道了声"我吃好了"。美代子应声"我去收拾了"，便将餐具都收拾起来向厨房走去。

祐介起身向沙发移动过去，边走边咕嘟咕嘟地喝着剩下的啤酒。

明天的会议，到底会怎样呢？刚刚被冲淡的不安又在心中卷土重来。

"有什么烦心事吗？"

美代子不知什么时候已经收拾好厨房来到身旁，她用探询的目光凝视着祐介。

"不，也称不上是烦心事。"

"真的吗？我看你紧紧皱着眉头呢。"

美代子开玩笑般地轻轻在祐介眉间一点。

祐介不由得愣神了几秒钟，这才低声说道：

"……这个月初，局里来了三名实习医生，我负责带他们。"

"三名？之前不都是一名吗？"

"嗯，所以事情才多了许多，而且，他们三个人都有意向留在我们科，我不仅需要指导他们实习，还必须负责劝诱他们实习完后留下来。"

"劝诱这块压力很大吗？"

"我已经不知道该怎样展示心脏外科的魅力之处了。每天都忙忙碌碌，连静下心来思考的时间都没有……"

"心脏外科的魅力之处嘛，你就像平常一样该做什么做什么就好啦。"

美代子语气轻快地答道。

"像平常一样？"

"祐介君也是从很久以前就一心想要进入心脏外科的吧，虽然每天都这么辛苦，但你还是拼尽全力地去做了。这是因为你感受到心脏外科的魅力了吧？"

"这个吗……算是吧。"祐介迟疑地点了点头。

"换句话说，他们看到真正的你，就一定会感受到心脏外科的魅力之处了。"

"啊……也许吧。"

一定是这么回事。诹访野和柳组长也说过相同的话，祐介抬起一只手覆住双眼。

不对实习生们故意拐弯抹角，像平常一样对待他们就好了。但是，现在说什么都迟了。

"美代子……有件事我必须告诉你。"

"怎么了？这么正式。"

美代子的脸上闪过一丝紧张的神色。

"明年4月，我可能就要去联营医院了。"

"啊，这样啊。知道去哪家吗？"

"还没定下来……不过，也有可能去富士第一综合医院。"

前提是能让实习生们留下来……祐介边在心里补充边观察妻子的反应。只见美代子的脸上瞬间绽放出如花般灿烂的笑容。

"富士第一综合医院，那不就是祐介一直挂在嘴边说想去的医院吗！"

"不，还没最终决定……只是有这种可能……"

"有这种可能不就很好吗？"

美代子的眼睛湿润了，反射出亮亮的光芒。祐介看在眼里，心中下定了决心。

为了帮助他实现成为一流外科医生的梦想，家人一直承担着不小的负担，绝不能让她们的心血付诸东流。

富士第一综合医院位于市中心，日常生活十分便利。可是，如果自己被踢到冲绳那个小地方……

祐介的背上冒出了一层冷汗，绝不能连累家人跟着自己去冲绳。美代子没有驾照，在出行严重依赖开车的冲绳，她们的生活恐怕举步维艰。

和富士第一综合医院这种热门医院不同，冲绳的医院几乎无人问津，常年处于人手缺乏的状态。若是被踢到那里，还不知道何年何月能回到东京。搞不好，可能一辈子都要面对"流放岛屿"的现实。

被迫和家人分开，也没有机会做心脏外科的手术，只能作为廉价劳动力被人呼来喝去，这种事绝不应该发生在他祐介身上。

无论如何也要让实习生们留在心脏外科。只是，他该怎么做呢……

祐介将剩下的无酒精啤酒一饮而尽，啤酒已经有些回温了，苦味在口中蔓延开来。

第二天早上七点一过，祐介便到了医局，牧已经在电子病历前坐着了。

早上八点，每周一次的医局联络会议即将召开。虽然祐介已经告知他准时来开会即可，似乎他还是早早到来为报告内容做准备了。

"牧君早。"

"……啊，早上好。"

牧有气无力般地打了个招呼。

"这个是高桥先生的病历吧。距离会议还有点时间，需要事先彩排一下吗？"

"不用了，没关系。刚才别的医生也给了我很多建议。"

"别的医生？"

祐介正询问间，只听见后面传来了爽朗的声音："前辈，早上好。"他转过头去，看见针谷站在身后。

"针谷？怎么这么早就来了？"

"昨晚上是我值班。今早我来医局写日志，就看到了牧君在聚精会神地准备做报告，于是我就陪他做了预演。"

"费心了，您给的建议都清晰易懂。"

牧礼貌地道谢。祐介听着，这话仿佛是在讽刺自己一般，十分刺耳。

"不客气。那么前辈，我还有点事，先走了。"

　　针谷说罢便离开了医局。牧目送他离去，也从电子屏幕前站起身来。

　　"我想重新整理一下资料，我去图书室一趟。"

　　牧并不给祐介说话的机会，匆匆向出口走去。

　　失败感如同沉重的石块压在胸口，祐介不由得紧紧握住了拳头。

　　居心不良……

　　祐介在护士站边写外来患者的诊断书边用余光瞄着实习生们的样子。三个人都坐在电脑前，一言不发地敲击着键盘。

　　时间快到上午十一点了。医局的晨会结束后，祐介和三人一起完成了医院的常规业务，其间他多次试图与牧和乡野交谈以缓和沉重的气氛，但二人看也不看他一眼，只小声地回答："好的。"出于礼貌，宇佐美倒是会时不时地和他说上几句，但并未从根本上解决问题。

　　再这样下去，别说让实习生们留下了，可能自己也会被他们换掉。

　　祐介感到阵阵焦虑，不知如何才能让三人重拾对他的信任，巨大的压力甚至压得他心口隐隐作痛。

　　"平良老师，我们三个都完成了病历的录入及其他任务。"

　　牧走过来汇报道。

　　"啊，这样。我下午要出门诊……"

　　"我们可以跟您出门诊学习，也可以去别的医生那里参观手术是吧？"

　　牧像是要打断祐介的话一般说道。

　　"我们下午想去跟手术，下午有针谷医生的心脏起搏器植入手术，他本人也同意我们过去了。"

　　"针谷的……"

"有什么问题吗？"

牧挑衅般地眯起了眼睛，见状，祐介艰难地摇了摇头。

"不，没什么问题。"

"那么，我们先去吃午饭了。若您有时间，请帮我们检查一下病历。"

牧面无表情地说完正要离开，祐介条件反射般地叫住了他："稍等一下。"

"怎么了？"

"没什么，只是想知道你对高桥的治疗方案怎么看。"

"……您的意思是，让我在今天的会议上按照肥后医生说的做，是吧？"

牧的眼神里浮现出轻蔑的神色。

"我不是这个意思……"

"如果高桥先生采取保守治疗，那么您就无法参与手术了，所以您想让我向专家们推荐搭桥术？"

"你为什么要这么想？我不过是问问你的意见而已！"

祐介不由得抬高了音量。不远处的乡野和宇佐美向这边投来了探寻的目光。

牧紧紧抿住嘴唇，深深地鞠了一躬。

"是我失礼了，十分抱歉，我误会您了。"

牧不卑不亢地道歉，反倒让祐介一时间哑口无言。

"只是，我认为患者的治疗方案不应该受医生个人的情况影响，至少应有科学依据。我的想法错了吗？"

"……不，你没有错。本就该如此。"

"就是说，如果会议上要我发表自己的意见，我可以不在乎肥后医生说过的话而畅所欲言，对吧？就算您之后无法再参与手术。"

被排除在手术外的恐怖袭来，祐介瞬间失语。

"啊……当然，你按照自己的想法做报告即可。"

"平良老师，您可以不用那么紧张的。"

牧嘲讽般地扬起了嘴角。

"就算有人对我说'不行'，我也会按照自己调查过的事实来发言。不过，对您来说，这未必是坏事。"

"噢？"

祐介的声音中透出一丝惊讶，但还没等他继续问下去，牧就离开了。实习医生们的身影消失在护士站门口。

自己完完全全被实习生们忽视了，甚至应该说，已经是被蔑视了。但他毫无办法，事已至此，他已暴露了太多私心。

祐介大大地叹了口气，这时，从远处传来一声细细的呼唤："那个，平良老师……"他转过头去一看，护士站外面站着一位老妇人，那是高桥吾郎的妻子——松。

祐介慌忙起身来到走廊里。

"那个，关于我丈夫，我有些话想和您说……"

松垂着眼说道，她的背本就有些驼，现在显得更低了，好像在对着祐介鞠躬一般。

"是关于治疗方案的事吗？那个会在今天傍晚的会议上进行讨论，有结果了我会告诉您……"

"不，治疗的事全部拜托给您了。是别的事情……"

松警惕地看了看周围，望着她的神情，祐介终于意识到她有很重要的事要传达给他。

"……在这儿说可能不太方便，我们换个地方说话吧。"

　　祐介将松带到病房楼的另一端，找了间空屋子进去。

　　病情说明室，这是一间向患者和家属说明病情的狭小房间，只有大概四张半榻榻米那么大。里面仅仅放置着桌子、折叠椅和电子病历，二人在桌子前面对面坐下。

　　"有什么话您尽管说吧。"

　　"其实……我孙女快要结婚了。"

　　松缩了缩脖子说道。

　　"您的孙女？"

　　"是的，她是我们唯一的孙女，小时候经常来我们家玩。是个既聪明又懂事的孩子……"

　　"她一定非常令您骄傲。所以您想和我说什么呢？"

　　松脸上刚刚浮现出的笑意顿时消失不见了。

　　"我丈夫比我还要疼爱这个孙女。所以，他知道这孩子要结婚的时候非常高兴。"

　　祐介突然明白松想要说什么了。

　　"……您孙女的婚礼定在哪天？"

　　"三周后的周末。"

　　"三周后吗？"

　　"平良医生，我丈夫的治疗可不可以推到三周以后呢？"

　　"……这个很难。"

　　本就满布皱纹的松的脸又显苍老了几分。

　　"之前已经告知过您，您的丈夫目前随时有可能突发心梗。虽然现在暂且用药控制住了，但必须尽早解决根本问题。"

　　祐介故意把话说开，让松充分理解目前的状况。

　　"但是，目前他的病情还算平稳吧。我们可以一直待在医院，只在婚礼那天打车过去……"

"我个人并不建议您这么做。"

面对着积极提议的松，祐介连连摇头。

"在医院突发心梗的话还能够迅速接受治疗，但在外面犯病就难办了。"

听罢，松绝望地闭上了眼睛。祐介心怀愧疚地边继续说道：

"我非常明白您丈夫的心情。但作为主治医生，我不能允许病人在未接受治疗的情况下擅自外出。"

"接受治疗后……我丈夫就能去参加婚礼了吗？"

"很遗憾，这个我无法给您保证。"

祐介坦率地说道。吾郎已是八十岁高龄，此外还患有糖尿病。如果选择开胸，那么很可能要长时间住院。

"医生，高桥君最近甚至说，参加完孙女的婚礼就没什么遗憾了，所以我无论如何都想让他去参加。只是，他也说了，这种事和医生说就太失礼了……"

松一度哽咽，眼含泪花望着祐介。

"……抱歉，我今天说得太多了。我先走了。"

松站起身来，蹒跚地向门口走去，本就娇小的背影此时更萎缩了几分。

医局楼二层的会议室里，大概四十张榻榻米大小的房间里面对面挨坐着三十多位医生，逼仄的空间和紧张的空气营造出一种压抑的气氛，让人有些喘不过气来。

时间已是下午六点，一周一回的冠状动脉会议即将开始。

会议室前面的液晶屏幕的左右两侧坐着心脏外科教授赤石和循

环内科教授定森刚治。

　　会议室的座位并不按照人名排序，但心脏外科和循环内科自动在左右两边分成两派，右边是心脏外科，左边是循环内科。循环内科的医生中也有诹访野的身影。

　　循环内科的医局员人数几乎是心脏外科的两倍，从气势上自然而然地对心脏外科有压倒之势。

　　冠状动脉会议原本是让心脏外科和循环内科齐聚一堂，对患者的治疗方案畅所欲言而设置的。只是，每当遇到这种需要在搭桥术和导管治疗方案中二选一的病例时，事态总会演变成两个科室的病人争夺之战。

　　如果高桥吾郎选择导管治疗术，自然就不需要心脏外科去动大手术了。祐介强压下心口的阵阵刺痛，望着坐在斜前方的实习医生们。像是受到会议室氛围的感染，他们的表情十分僵硬。特别是马上要做报告的牧，他的额头上渗出了一层细密的汗。

　　"时间差不多了，我们开始吧。"

　　担任主持人的是一个下巴上留着胡须的男人。他坐在赤石教授右手边，是成人心脏外科团队的二把手，名叫敷岛和树，职称为副教授。整个心脏外科共有两名副教授，一名是敷岛，另一名则是小儿心脏外科团队的柳泽。

　　冠状动脉会议的主持人每周由心脏外科和循环内科的副教授轮流担任，本周轮到了心脏外科。敷岛在今天之前都在海外的学会做交流，为了担任会议主持人特意赶了回来。

　　"今天时间紧任务重，我们就快点进行吧。第一个病例的患者名叫小松一太，主治医生是诹访野医生。请您发言。"

　　被点到名字的诹访野说了声"好的"便站起身。

"男，六十三岁。病人主诉劳动时胸口痛，到附近的医院就诊后……"

诹访野边流利地复述着患者的病历，边对着会议室后方操作台上坐着的年轻医师道了声"拜托了"。

"开始放映。"

年轻医生的话音刚落，屋里的灯便全熄灭了，会议室前面巨大的屏幕上显示出冠状动脉造影的画面，X 射线透视下的心脏强有力地跳动着。

三根冠状动脉中，造影液汩汩流淌着，血管的状态一览无余。

"正如大家所看到的，右边第三根冠状动脉可看到 90% 的狭窄，这个部位是主要病变区域。心脏机能……"

诹访野详细地介绍着病人的情况，最后以一句"请各位针对治疗方案给出意见"结尾，他对着听众们微微欠身后便坐下了。一瞬间，沉默笼罩了整个会议室。

"狭窄部位只有一处啊，用导管治疗没问题。"

声音从循环内科的医师队伍中传来，其余循环内科医生纷纷点头表示附和。心脏外科医生们虽然大多保持沉默，但也没有人提出反对意见。

"那么，针对右侧动脉狭窄采用导管治疗，没问题吧？"

敷岛对赤石和定森二人说道，两人都微微点头。

"那就进入下一个病例吧。下一个是……"

会议波澜不惊地进行着，祐介的思绪回到了数小时前和高桥松的对话上。

松的丈夫高桥吾郎罹患糖尿病多年，继发了非常严重的冠状动脉狭窄。在未接受治疗的情况下不能贸然外出，他作为主治医生，这个判断应该是再正确不过的。但是，松那悲痛的神情时时刻刻映在祐介的脑海，无论怎样都无法赶走。

"接下来进入下一个病例，患者名叫高桥吾郎，主治医生是平良大夫，请您发言。"

祐介一下子就被拉回到了现实中，慌忙站起身来。

"呃——关于高桥吾郎的报告，由目前在我科实习的牧医生代替我来做。牧，请开始吧。"

"我开始了，请多关照！"

牧哑着嗓子大声说道，猛地站起身来。循环内科医生见状纷纷发出"加油啊，实习医生"的嘲讽之声。

"高桥吾郎，男，八十岁。六十三岁起就患上 2 型糖尿病，目前采用胰岛素治疗法。现在病人的状态……"

牧一边看着手中的资料一边结结巴巴地做着报告。

"……完毕。接下来开始放录像。"

牧介绍完患者病历后，屏幕上映出高桥冠状动脉造影的图像。灌注了造影剂的冠状动脉呈黑色，会议室中出现了一阵骚动。

右侧冠状动脉、左前降支、左回旋支，三支冠状动脉内部如同波浪汹涌般全部出现狭窄。

"如同各位所见，三支冠状动脉出现了弥漫性狭窄。作为明显狭窄的血管，右边第一根冠状动脉狭窄 90%，第三根狭窄 99%。"

牧一边看着手中的笔记一边在屏幕上标出狭窄区域，随着他的动作，会议室内的空气愈发剑拔弩张。这个病人非同寻常，在场的医生们神情不禁紧张起来。

"……我的报告到此为止。感谢聆听。"

牧结束了报告，对着医生们深深鞠了一躬，坐了下来。

"牧医生辛苦了。刚才的报告很棒。"

敷岛鼓励他道，牧僵硬的表情一下子缓和下来。

"那么……"敷岛缓缓地扫视了会议室一圈，"这位患者的治疗方案如何呢？"

沉默再次降临在会议室。与刚才温暖的气氛不同，这是一种猛兽间试探彼此的杀气腾腾的沉默。

"……用导管术。"

一位循环内科中年男性医生的声音响起，撕开了会议室内沉重的空气。

"患者已是八十岁高龄了吧，这个年纪再做开胸手术风险太大了，应该使用创伤较小的导管治疗术。"

循环内科医生大多点头称是。

"等一下。"

肥后马上发声说道。

"请好好看一下，三根血管可都出现了高度狭窄啊。如果仅仅用导管治疗，需要在好几处都介入导管，血管中再度出现狭窄的风险很高。这种情况下应该使用搭桥手术。"

导管治疗术，顾名思义，就是用一根细细的管子插入冠状动脉的狭窄部位，扩张开粘连的血管，再将名叫支架的网格状金属管留置在其中。这种方法对患者的负担小，但随着时间流逝，血管有可能再度出现狭窄。

刚刚发言的循环内科医生的脸上浮现出尴尬的表情。

"最新的药剂溶出性支架导致血管再狭窄的风险很低，用导管治疗更好。"

"问题不仅在于高度狭窄的血管部分，而是冠状动脉整体都硬化了，不知道什么时候就会在某处发生血管堵塞。为了不引起心肌梗死，应该采用搭桥手术。"

肥后立刻反驳，下巴上的肥肉由于激动而微微颤动着。

冠状动脉堵塞不仅仅出现在高度狭窄的血管部分。其余出现狭窄的血管壁内膜上的脂肪组织如若破裂，会导致血小板凝固出现血栓，届时整个血管都会发生堵塞。肥后所说的多少有些道理。

肥后和循环内科医生彼此交换着锐利的目光，周遭的空气都布满了杀气。

"这个嘛，看来是个很难办的病例。"

敷岛再次环视全屋。

"心脏搭桥术确实会降低后期出现心肌梗死的风险，但是患者年纪太大，做侵入式手术本身就会产生风险。那么，大家有什么意见吗？"

这时，一只手高高举起。祐介见状不禁瞪大了眼睛。

"哦，是实习医生……"

"我叫牧！"

牧仍高举着一只手，回答道。

"对对，牧医生。你对治疗方案有何见解，请一定说出来。"

"是！"牧说着站起身来。

"借着本次发言的机会，关于该病例的搭桥手术和导管治疗方案，我也有个人的看法。"

"很好。结论是？"

敷岛饶有兴趣地追问道。

"病人在本身患有糖尿病的情况下使用导管治疗，发生再次狭窄的可能性很高。从大规模临床试验的对比结果来看，六十五岁以上发生多支血管病变的患者，接受搭桥术治疗在六年后的生存率较高。患有糖尿病并发症的患者该倾向更明显。'因此，除非病人自身条件不适合，否则搭桥手术才是最优选。'这是论文上的原话。"

牧从透明文件夹中取出数张英文论文的复印件展开来，这篇论文曾刊登在循环科界的著名医学杂志上，他手捧论文深深地吸了一口气。

"综上所述，我认为该病人应采取心脏搭桥术。"

完成发言的牧如同卸下重担一般，一屁股坐在椅子上。

至此，祐介终于明白了白天牧的话的真意，"这对您来说未必是坏事"。牧应该归纳了大量案例，最后推算出搭桥手术是最适合高桥的。从结果来说，这对祐介确实不算坏事。

"原来如此，真是很中肯的意见。而且还特意为此查阅了论文，做得很好。那么其他人还有什么意见吗？"

敷岛"啪"地将双手合在一起。

"……这名患者已经八十岁了，且还患有糖尿病，这还不算'自身条件不适合开胸手术吗'？"

刚刚与肥后进行舌战的中年循环内科医生，口气中略带焦灼地说道。

"患者是高龄不假，但超声检查显示，他的心脏功能还是完好的。除糖尿病外无其他病史，住院后一直采用胰岛素治疗，目前病人的血糖维持在较好水平，有充足的体力应对手术。"

牧迅速反驳道。循环内科医生被实习医生噎了一下，一下子涨红了脸，不再说话。

祐介见状不禁思绪纷飞。

如果只看统计数据，开胸手术确实是正确的选择。但是……

"平良医生。"

敷岛的声音突然传来。祐介一惊，马上回道："在、在的。"

"实习医生牧大夫的判断为选择开胸手术，我想听听您作为主治医生的意见。"

所有人的视线一下子集中在平良身上，他缓缓站起身来。

如果他现在说出"没有意见"，那就意味着治疗方案确定为开胸手术，主刀医生大概就是肥后了吧。对此，高桥吾郎本人虽不情愿，恐怕也不得不接受。

那样不是正合我意吗？如此一来，不仅可以避免自己陷入无法担任手术第一助手的悲惨境地，还能让患者接受最佳的治疗方案……

高桥松那绝望的神情又一次浮现在祐介的脑海中。

最佳的治疗方案？事实真是如此吗？高桥吾郎最盼望的事情……

祐介双手紧紧握在一起。

"病人的……高桥吾郎的孙女将在三周后举行婚礼。"

"啊？那又怎么样啊？这件事与治疗方案无关吧。"

肥后语气中隐隐带有威胁之意。

"算了算了，我们先听平良医生把话说完吧。主治医生的意见可不能不听啊。"

肥后被敷岛截住话头，只好带着不满的情绪闭上了嘴巴。祐介感到自己的心脏正加速跳动，他继续说了下去：

"高桥先生只有一个孙女，他一直将她视为掌上明珠。所以，他无论如何都想去参加孙女的婚礼，甚至说参加完婚礼后人生就没什么遗憾了。"

祐介环视了一圈会议室，暗中观察着众人的反应。敷岛催促道：

"继续。"

"如果他接受冠状动脉搭桥手术，三周后出院是很困难的。包含心脏外科在内的胸部手术专门杂志 *The Annals of Thoracic Surgery* 曾刊登过一篇论文，内容是以大概一千七百名和高桥先生一样的病例为对象进行的调查，八十岁以上患者，除去左冠状动脉起始部分，剩下的两支或三支病变后，接受搭桥手术的患者六个月后的死亡率确实要比使用导管治疗的患者低。但是，搭桥手术患者的术后院内死亡率更高。"

会议室中立刻出现了一阵骚动。

"考虑到这个结果，再结合患者本人的意向，我希望在场的各位考虑搭桥手术是否真的适合高桥吾郎。"

祐介停住，用舌头舔了舔干燥的嘴唇。他暗暗下定了决心。

"综上，我认为最适合高桥吾郎的治疗方案是，在导管介入的基础上，严格控制血糖值和胆固醇值，以防止再次发生血管狭窄和堵塞。"

房间内一片死寂。身为心脏外科医生的祐介，面对快要决定采用搭桥手术治疗的病例时给出了反对意见，迷惑不解的神情浮现在众人脸上。牧也回头，像看稀有动物一般望着祐介。肥后的脸犹如熟透的章鱼般涨红，正瞪视着祐介的方向。

这样一来，自己大概率被排除在手术之外了吧，祐介缓缓坐下来，毫无悔意。不仅如此，他还久违地感到了一阵轻松，好像心口的大石头突然被移开了。

"平良医生，非常感谢。这样说来，用导管治疗确实比较适合患者目前的状况。这个病例很棘手，赤石医生、定森医生，您二位有何意见？"

　　敷岛又把话题抛向了两位教授。在医生们意见不统一时，由教授来决定最终的治疗方案，这是会议的一贯传统。

　　"如果循环内科能够接收该病人，我认为用导管治疗更好。定森医生，您觉得呢？"

　　赤石跷起二郎腿向定森说道。

　　"赤石医生认可的话，我们科室很乐意接手患者的治疗。当然了，也要征得患者本人的同意。"

　　"赤石医生、定森医生，谢谢您二位的意见。那么，高桥吾郎的治疗方案就确定为导管治疗吧。正式开始治疗前，患者须转入循环内科。平良医生，请您负责告知病人和家属，并为他们办理转科手续。"

　　待祐介回复了一声"是"后，敷岛便将话题推进到下一个病例。

　　如此便好，这样一来，高桥吾郎既不耽误治疗，又不耽误参加孙女的婚礼。

　　祐介松了口气，突然意识到牧正在看着自己。二人视线相交会，牧慌忙转过头去。

　　他也许为自己的意见被驳回而感到气愤吧。

　　真是诸事不顺啊。祐介挠了挠头，轻轻地叹了口气。

　　"你那脑子里在想些什么！"

　　会议结束后，肥后在走廊里拦下了祐介。正如祐介所料，他的脸由于愤怒都变得扭曲起来。肥后一把抓住祐介的白大褂衣领，额头上青筋暴突，脸涨得通红。

　　"非常抱歉。"

　　祐介用毫无起伏的声调致歉，以他对肥后的了解，无论他怎样辩解，对正在气头上的肥后来说都无异于火上浇油。

"道个歉就完事了吗？你是不是和我有仇！"

"不是的。"

"那你为什么要这么做！"

肥后猛地将祐介推到了背后的墙上，祐介的后脑勺遭到撞击，疼得龇牙咧嘴。这时，实习生们向二人走过来。肥后不耐烦地大声"啧"了一声，松开了祐介的衣领，丢下一句"做手术，想都别想了"便拂袖而去。祐介整了整被弄乱的白大褂，对着实习生们勉强挤出一个笑容。

"是你们啊，怎么了？"

"我们现在可以回去了吗？"

乡野有气无力地问道。

"这里也不需要我们做什么了，想早点回去。"

"啊，今天就到这里吧。明天有手术，所以……"

"早上八点在手术室集合吧？知道了。话说，你为什么那么说？"

"欸，说什么？"

"为什么要提议导管治疗啊？把病人推给其他科室，这还是一个合格的心脏外科医生吗？"

祐介一时失语。虽然他是站在患者的角度，但或许在实习生们看来，他更像一个把病人甩给其他科室的不负责任的医生。

正当他呆立在原地思考如何应对时，乡野故意似的叹了口气大步走开了。

"……平良老师，我也可以问您一个问题吗？"

接着，牧用生硬的语气发问了。又要被弹劾一遍吗？祐介咬紧牙关，却见牧深深地鞠躬下来。

"我为之前幼稚的行为，向您表示真挚的歉意。"

"欸……"

这句话大大出乎祐介的意料，一时间竟有些不知所措。

"我只看到了统计数据，就草草做出了搭桥手术最适合高桥的判断。但是，我听了您的发言才意识到，我并没有关注到患者本身。我应该做出更人性化、更有温度的医学判断。"

牧悔恨地摇头道。

"确实，如果真的站在高桥先生的角度，就应该思考让他能够出席孙女婚礼的治疗方案。我认为，能想到这点并大胆主张的平良老师真的非常厉害。并且还有科学的统计数据作为支撑。我原本认为，外科医生都是一群只偏重技巧、毫无人情味的家伙，今日得知还有您这样的人存在，我真的很开心。"

牧似乎越说越兴奋，身体都不自觉地向前倾。

"但是，乡野君刚才说……"

"啊，那家伙只对手术有兴趣，根本不能理解您刚刚的发言的厉害之处。请您千万别往心里去。"

即使如此，那也不能说那种话啊……祐介只得含糊地点点头。

"对了平良老师，接下来有什么需要我做的吗？"

"欸，那个，为了能让高桥先生尽早接受治疗，今天下班前要和循环内科商议治疗的具体日期……还有转科委托书要写，当然首先要向高桥和家属说明情况，得到其同意后……"

"明白了。我马上去高桥的病房向他本人和家属确认，完成后我会用院内无线电通知您。那么，待会儿见。"

牧显然还没冷静下来，话音刚落便一路小跑着离开了。

"这都是怎么回事？"

望着一头雾水的祐介，宇佐美忍不住扑哧一声笑出来。

"男人就是单细胞生物啊。牧君刚才听了您的发言已经完完全全被您给征服了。"

"征服什么的，我也没做什么啊……"

这话完全出乎祐介的意料，他竟有些不好意思了。

"嗯，您一定觉得没什么。但是，刚才的事，我认为只有设身处地为患者着想且拥有扎实的知识的人才能做到。牧一定是因此才倾心于您的。"

"倾心于我……"

面对着哑口无言的祐介，宇佐美半开玩笑半是认真地说道：

"能让男人为之倾倒的男人，是真的很帅。"

"那么，我先走了。"

祐介正要离开病房，高桥吾郎和妻子松都深深地对他低下头鞠躬，异口同声道："谢谢您。"

"高桥夫妇都很开心呢。"

宇佐美在走廊里边走边说。

"啊，是啊。"

一从牧那边得到"准备好了"的消息后，祐介便动身前往病房，向夫妇二人进行治疗方案的详细说明。

一切顺利的话，婚礼之前就能出院，在听到这个好消息后，二人眼含泪花，两双手紧紧地握在一起。

"辛苦了，平良医生。之后应该做什么？"

牧兴致勃勃地问道。

"先去循环内科吧，和他们商量尽早让高桥先生接受治疗。之后回病房楼办转科手续。"

"明白了！"

牧大步走在前面。

"剩下的都是些事务性手续了，你们可以先回去了。"

祐介不想只留下牧和宇佐美在这里干活儿。

"不，高桥先生也是我的病人。请让我负责到底吧。"

牧干脆地说道，加快了脚步。

"您就让他做吧。他一定是想为之前对您的无礼做补偿。"

宇佐美小声对祐介说道。

祐介打心眼里觉得不需要介意此事，但他对这份心意感到十分欣慰。看上去他多少赢回了些牧和宇佐美的信任，缓和了与实习生们僵硬的关系。

三人回到医局楼，坐电梯到六楼后向循环内科的方向走去。

"打扰一下。"

进入房间后，只见十多位循环内科医生在医局秘书的办公桌前围成一圈，其中也有诹访野的身影。祐介走上前去拍了拍他的肩膀。

"诹访野，医局长还在吗？我想和他聊聊刚才会上提到的患者转科的事情。"

"平良前辈！"

诹访野转过身大声叫道。

"怎么了，那么大声？"

"前辈，难道您还没看到吗？"

"没看到？什么东西？"

"就是这个啊。"

诹访野从桌上拿起一张传真纸举到祐介面前。在医院因交换患者的个人信息而造成信息泄露的风险很低，所以目前一直使用传真机传递信息。

"大概十分钟前传到我们这儿来的，好像不仅仅传到我们科室，其他很多科室也收到了。"

纸张上排列着巨大的不规则文字，每个字都像是从报纸或杂志上剪下后贴上去的，隐隐透着悬疑剧中常见的恐吓信的不祥氛围。

汉字、平假名、片假名交错出现，让人难以立刻读出其内容。祐介吃力地辨认着每个字，呼吸渐渐紊乱，身旁的宇佐美大大地倒吸了口冷气。

【检举信】

心脏外科教授赤石源一郎

篡改药材临床试验结果

收受贿赂

纯正医大应即刻纠正其错误行为

内情月底再揭露

周围的事物突然消失，一个个孤零零的文字如同洪水猛兽般嘶吼着扑来，祐介被这巨大的错觉裹挟，一时间动弹不得，只能呆呆地站在原地。

第二章

外科医生的决断

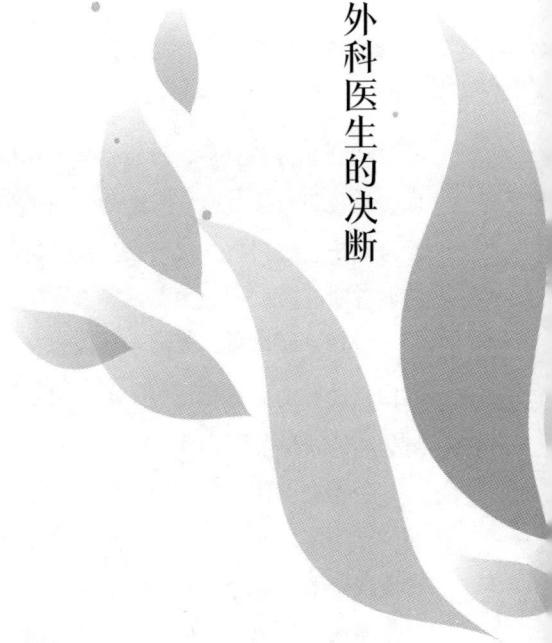

1

祐介小心翼翼地一点点剥离大腿部暴露出的血管周围的组织，取出直径只有数毫米、长度约十厘米的血管轻轻放置在托盘上，他轻轻地出了一口气。接下来只需要进行妥当处理，使之能够成为搭桥血管即可。

冠状动脉搭桥手术的主要内容是：将左侧冠状动脉和胸内侧名叫内胸动脉的血管相连接，再利用从大腿中抽取的静脉血管在右侧冠状动脉处和大动脉间搭桥。

手术台前侧，赤石源一郎双目紧盯放大镜，双手伸入病人打开的胸部中不断操作着。实习医生们在手术室的角落里目不转睛地盯着监视器中显示的手术画面。

正当祐介要开始处理血管的时候，赤石对面担任第一助手的针谷的身影映入眼帘，他顿时感觉胃部一阵抽搐。

原本，站在那个位置的人应该是我。

决定高桥吾郎治疗方案的冠状动脉会议已经过去一周了。会后，肥后说到做到，将祐介从第一助手的队伍中踢走。

现在正接受手术的病人的主治医生正是祐介。术前检查、手术告知及术后管理均由他来负责，即使如此，祐介也只被分配了抽取搭桥血管这样通常由普通助手来完成的简单任务。

这样郁郁不得志的日子什么时候才是个头？祐介不禁有些泄气，忽然注意到乡野正在往这边看，那眼神里满是轻蔑和不屑。

最近，他与牧和宇佐美二人的关系开始向好，但和乡野的关系却更差了。特别是这几天，乡野开始表现出明显的嘲讽之意。恐怕，他是觉得自己技术低劣得不到重用，因而看不起自己吧。

那也无可奈何……祐介弓起身子。毕竟在上次手术的时候，被乡野抓到了他手抖的瞬间。看到了那样的场景，任凭谁都会认为自己是个三流外科医生吧。

那么，干脆放弃乡野，只把精力都放在牧和宇佐美身上呢？不行，那样太危险了。就算他和二人能够保持融洽的关系，他们也未必会因此就留在心脏外科。为了提高明年去富士第一综合医院的概率，他无论如何都希望能与乡野和解……

祐介边在脑海中构思着各种可能，边默默进行着手上的工作。

"接下来就拜托了。"

赤石完成了三支冠状动脉血管的搭桥，离开了手术台。针谷闻言，干劲满满地回答道"明白"。

赤石从脖颈处撕开防护服，脱下沾满血液的手套扔在弃物桶中，趿拉着拖鞋向手术室出口走去。

"您辛苦了。"

祐介十分钟前刚刚完成手术中的任务，在出口处正好遇见赤石，他对教授行了行礼。

"……平良，能跟我来一下吗？"

赤石向他微微颔首。

"欸，好的。"

祐介跟在他后面走出手术室，来到了走廊深处一扇写着"说明室"的门前。这是一间狭窄的屋子，专门用来向病人家属说明手术情况，赤石走进去，一屁股坐在了折叠椅上。

"你也坐吧。"

"失礼了。"

祐介拽过另一把椅子坐下。赤石默默按揉着鼻梁根部，今天他已经连续进行了几个小时的心脏血管缝合，这是一项对技术要求极高的精密作业，对人的体能消耗也是极大。祐介紧张地等待着接下来的对话。

难道赤石要怪罪自己在会议上将患者拱手让人，还是说，乡野向他投诉了自己？坏事一件件在祐介的脑海中浮现。

"……你好像惹得肥后一肚子火气啊。"

"是、是的！"

果然是冠状动脉会议上的事，祐介不禁挺直了后背。

"没少受那家伙的罪吧，连手术助手之位都被换掉了。明明是你的病人，却没能当上第一助手，你一定很不甘心吧？"

"没、没有，没有那样的事……"

满以为自己会挨骂的祐介，被赤石出乎意料的话弄得有些不知所措。

"那家伙手术技术不错，和联营医院的关系也处得不错，所以才任命他为医局长。不过，他最近太猖狂了，有必要敲打敲打他。"

赤石用若无其事的口吻说道，似乎终于找到了述说此事的时机。

"那个，您有何吩咐……"

面对祐介的追问，赤石皱紧雪白的眉毛，沉默片刻后压低声音说道：

"你已经知道匿名信的事情了吧？"

"匿名信……"

检举信上那一个个不规则的字再次浮现在祐介脑海中。

"就是上周传真到各医局的东西，上面写着我收受制药公司贿赂、伪造论文数据。"

"……我听说了。"

祐介谨慎地答道。那份传真不仅在心脏外科引起轩然大波，在整个医院也是闹得沸沸扬扬。如果上面内容属实，将成为医院有史以来最大的丑闻。

大学医院同时具有治疗机构和医疗研究两个职能，平日里会进行各种各样的临床试验，制药公司作为赞助商之一也会参与其中。这样一来，医院既可以获得研究所必需的经费，制药公司也有趁此机会展现自己公司药品的优势，可谓一举两得。但是，这其中也蕴含着二者相互勾结篡改研究结果的风险。所以，通常会引入第三方机构来进行数据解析，此外，所有研究结果都以论文的形式进行公示，接受研究者的广泛监督。因此，要钻空子篡改数据并非易事。

研究中的不正当行为一旦被曝光，相关人员将受到大众严厉的批判。像赤石这样地位高、名气大的教授，应该不会冒着失去所有的风险篡改数据。随着时间流逝，"检举信"的恶劣影响也会渐渐被淡化。

"平良，你能不能帮我调查这事是谁干的？"

"那东西只是个恶作剧吧，忽略掉就可以了。"

　　一道锐利的视线从赤石眼中射出，仿佛穿透了祐介的灵魂，他不禁噤声。

　　"……虽然没公布，但大学已经开始暗中调查我的论文了，似乎要彻查所有数据，看看是否存在不当行为。"

　　"为、为什么会那样？！"祐介目瞪口呆。

　　"这是教授会的决定，其中的很多人都觉得那并不单纯是个恶作剧。"

　　"但是，找出嫌疑这个还是……"

　　祐介轻轻摇头。

　　"这家伙是想空口无凭地陷我于不义之地，就算这次洗清了嫌疑，也很难保证同样的事情不会有下次。还有很多病人等着我去救命，此外，我还必须将我的毕生经验都传授给下一代医生。我可没时间纠缠在这种无聊的恶作剧上。"

　　"但是，为什么是我呢？应该由警察好好地来调查此事……"

　　"报警的话，这件事又要被翻出来，我希望尽量低调处理。"

　　"但是，我没有相关调查经验，我还要负责带实习生们，实在没有精力了。您将此事委托给别的医局员比较好……"

　　"谁适合？"

　　"欸？"

　　"除了你，我还能委托给谁？"

　　"这、这个嘛……比我级别更高的医生啦，或是比我时间更充裕的别的科室的助理医生什么的……"

　　祐介含糊其词地说。赤石连连摇头。

　　"我不相信讲师以上的医局员，他们对我的教授之位虎视眈眈，难保不会落井下石。副教授和客座教授中也有不少人盯着下一任教授的位置。就算是讲师，可能也在暗中着手竞争下一任教授候补。"

"这……"

面对着与自己无关的错综复杂的权力构造关系，祐介一时间无话可说。

"助理们倒是有时间，可他们对医院的信息不熟悉。相比之下，你因为能够积极地处理别的科室过来的委托事务，在很多科室都吃得开。"

这话或许有一定道理，但符合这点的应该还有一个人。

"针谷呢……为什么您不让他来呢？"

"针谷是我的外甥。就算找到了始作俑者，可能还会牵扯出其他的麻烦。那么，你可以告诉我，能否接受这个任务吗？"

祐介的内心极度纠结。赤石是他十分尊重的前辈，他也想尽可能地为其做些事情。但是，医院的日常工作和指导实习生已经令他筋疲力尽，不可能再进行匿名信的相关调查。而且，他也不想被卷进这种事情中。

"被排除在手术之外，你很难受吧……"

正在祐介思考如何拒绝之时，赤石低声说道。祐介的脸一下子涨红了。

"没有，那个是……"

"接受的话，我可以告诉肥后，让你重回手术一线。"

"那样倒是好。"

像是乘胜追击一般，赤石继续说道：

"实习生们的指导还顺利吗？"

"这……还可以吧。"

祐介微微垂下目光。

"如果你能找出匿名信的幕后黑手，就算实习生们一个都留不下来，我也可以考虑让你去富士第一综合医院。"

"真的吗？"

面对这个巨大的诱惑，祐介不禁挺直了腰板。

这是个绝好的机会，也许从此能让他从纠结实习生去留问题的泥潭中解放出来。

那么，是否要接受这个任务呢？祐介在脑海中不断权衡着利弊。

"……我知道了。"

祐介茫然地点头，并不清楚这究竟是溺水的人面前出现的最后一根稻草，还是彻底将他拽向地狱的绳索。赤石见状，说了句"拜托给你了"便站起身来。

祐介本能地想要叫住赤石，他还有一事想要向他确认。但是，话到嘴边的刹那，他拼命地忍住了那股冲动。赤石离开了房间。

"赤石教授……您真的没有篡改过数据吧？"

房门紧闭，祐介的疑问回荡在空旷的房间里。

2

祐介回到手术室后，针谷已经完成手术。他摘掉手套，指挥实习生们帮忙将患者转移到担架床上。

"啊，辛苦了。现在正要移送患者去 ICU。"

针谷走近说道。

"知道了，辛苦了。"

"今日的事很抱歉，本来应该由前辈您担任第一助手的。"

针谷故意压低声音不让实习生们听见。

"这也不是你的错啊，是肥后医生的决定。"

"话是这么说，但还是对不住您。"

明白的话就闭嘴吧，为了这个道歉，祐介感到更加无地自容，他故意避开针谷的目光。

"啊，对了，前辈，您听说明年的事了吗？似乎我们二人都要调走了。"

针谷毫无戒心地说道，但祐介全身的细胞却为之一震。

"……好像是的。"

"我们两个会去哪里呢？好像前辈的志向是富士第一综合医院呢，说实话，我也是。"

针谷毫不顾忌地捅破了这层窗户纸。

祐介感到自己的脸渐渐变得僵硬。

"这样啊……"

"似乎在你我之间要形成竞争了呢。关于调职地，前辈听说什么消息了吗？"

针谷的眼神中似乎瞬间闪过一道犀利的光。

"没有，没听说什么。"

"果然啊，我也是。这样一来还挺刺激的呢。"

我可没那个闲工夫想这些事，祐介的内心中燃起怒火。

作为赤石教授的血亲，就算针谷去不了富士第一综合医院，也能去一个能够积累充分临床经验的地方。但是，自己如果不能去富士第一综合医院，就只剩下被踢到冲绳一条路了。

这时，祐介突然意识到一件事，几乎让他叫出声来。

如果赤石因为此次匿名信的事情马失前蹄，那么针谷作为他的外甥也会丧失相应的地位，不仅如此，还会被医局弃如敝屣。这样一来，针谷就去不成富士第一综合医院了。

找到送匿名信的人，证明赤石的清白，或反之证实信上的内容，也许都能够让我去富士第一综合医院。

"前辈，怎么了？"

针谷探询的声音将祐介拉回现实中。

"没事，手术辛苦你了，接下来由我负责。"

"嗯，那就拜托您了。"

祐介目送着迷惑不解的针谷渐渐远去的背影，重新整理了思绪。

若是赤石失势，自己去富士第一综合医院的可能性就又大了几分。不过，那也意味着届时自己尊敬的教授将被赶出医局。原本，祐介计划着返回医局后继续在其门下受教，这样一来就全部泡汤了……不过，若是他真的篡改了论文数据，这也是他应得的惩罚。

疑窦丛生，祐介感到了微微头痛。这时，麻醉医生的声音传来："现在将病人转移至ICU。"他赶快将混乱的念头抛开，迅速走向担架床确认着监护仪上的数据。

"没问题，走吧。"

宇佐美和牧道了声："好的！"只有乡野仿佛没听到似的将脸扭向一边。

又来了吗？祐介的头痛加剧了，果然，他作为指导医生必须出手了，但是，怎样开口他却毫无头绪。

训诫后辈这种事情本就不是他所擅长的啊……祐介挠了挠脖颈，推动担架床向手术室旁边的电梯走去，ICU就在负一层。到达ICU后，护士们迅速围住了担架床。

"这是赤石教授刚做完冠状动脉搭桥手术的病人吧，我们来接手吧！"

祐介将患者转给了护士们，自己则向护士站的方向走去，他需要为手术后的患者开药及安排后续的相关检查。

"……为什么你不是第一助手？"

这边与医院其他的楼栋不同，为了更好地观察病人的状态，护士站设置成开放式空间。祐介刚在电子病历前坐定，乡野便小声嘟囔道。

"欸，你说什么？"

"就是今天的手术啊。主治医生明明是你，却只被分配了提取

搭桥血管这样的杂活儿，说起来，平良老师，大一点的手术里基本
上就没见到过你。”

这时，牧像要制止乡野的挑衅一般开口了：

“乡野，那是因为……”

“牧君！”

祐介慌忙打断他。他叮嘱过牧，不要将他和肥后之间的龃龉告
知他人。匿名信事件后，医局里人心不稳、流言纷纷，这个时候说
医局长的坏话，很可能会增添不必要的麻烦。

牧懊悔地闭上了嘴巴，一见他这个样子，乡野反倒更来劲了。

“难道说，平良老师的技术不行，所以针谷医生才取而代之？”

冷不丁听到针谷的名字，祐介全身的血液都涌上头顶，内心的
怒火熊熊燃烧，呵斥的话语几欲脱口而出。祐介深深呼吸，努力使
自己冷静下来。

“针谷医生的技术才算是一流呢，相比之下，你在之前的手术
中……”

“住口！”

突然传来一声怒喝，但那不是祐介发出的。

“什、什么啊……”

乡野不耐烦地反击着呵斥自己的人，那是宇佐美。

“乡野君，作为实习医生，你的态度太恶劣了吧。”

仍旧穿着手术服的宇佐美挺起胸膛，干脆利落地说道。身旁的
牧赞同地连连点头。

也许是意识到自己的言行实在不像样，乡野有些尴尬地沉默不
语。但是，他却丝毫没有反省的意思。紧张的气氛环绕着几人。

“平良老师……”

乡野仍旧低着头，开口说道。

"啊，那个，怎么了？"

祐介想要缓和一下紧张的气氛，故意用尽量轻快的语调说道，但显然收效甚微，乡野的态度没有丝毫改变。

"今天我从六点开始在急诊部值班。虽然现在时间有点早，但我能不能先走？"

在纯正医大附属医院，实习医生每个月要完成四次在急诊部值班的任务。

"啊，当然可以。我今晚在心脏外科值班，急诊部那边有什么事的话……"

祐介的话还没说完，乡野便抽身离去了。望着他的背影，牧低下了头。

"对不起，平良老师。那家伙定是误会您了。"

"……并不是误会啊。你们来的第一天我就多有失礼。而且……"

祐介低头望着右手中指上如同竹节般肿起的第二个关节。

"但无论怎么说，他都不应该是那个态度。我明天找个机会和他聊聊。"

"不用了，我没放在心上。"

"但是……"

牧的眉间隐隐透着不安，宇佐美也欲言又止地望着祐介。

"来吧，不快点行动的话又要被护士们念叨了。我们三个分一下任务，尽早结束战斗。"

祐介勉强挤出个笑容说道。

祐介心里安定不下来。他边确认着监视仪上的数值，边挺了挺后背。马上就要到换班的时间了，身体深层的疲劳越来越重。他已经连续几个小时都在 ICU 里观察病人的状态了。病人不过五十多岁，体力尚可，加上术中进展顺利，术后恢复得不错，照这个趋势下去，明后天就能转入普通病房了。

两个小时前，他让牧和宇佐美先回去休息了。虽然二人都表示希望留下来帮忙，但祐介坚持让他们先回医院里的实习生宿舍休息。他和他们约定，一有事立刻呼叫他们。

自己也要抓紧时间小睡一会儿才行，祐介转动着僵硬的肩膀。今天是他值夜班，随时都可能因急诊或住院病人的病情变化被叫走，必须趁现在养精蓄锐才行。但是，他却怎么都提不起精神去值班室，尽管身体已经疲惫不堪，但精神却高度紧张，睡意全无。

他心里很清楚，这全拜赤石白天给他布置的任务所赐。祐介瘫坐在椅子上一动不动。

找出匿名信的幕后主使。他真的能做到吗？虽然赤石坚信这就是医院内部人搞的鬼，但他也没有确凿的证据。而且，作为一个小小的助手，他也无法准确掌握医局内复杂的权力构造信息。若缺少这部分的信息，他连有动机做这件事的人的名单都列不出。

"不过，可能知道的家伙……"

祐介小声嘟囔着，这时，他的面前突然闪过一个穿白大褂的高个儿男人。

"有了！"

祐介激动得一下子站起身。面前的男人仿佛被他吓了一跳，身体猛地一震，那是循环内科的诹访野。

"干吗啊？突然那么大声，护士都在看我们呢。"

"抱歉抱歉，今天值班吗？"

"是啊，不过没什么事，我来看看病人的情况就去睡觉的。"

"一会儿有空吗？我想和你说点事，你消息灵通。"

"又来了？"

诹访野有些嘲讽地扬起了嘴角。

"这回我要收咨询费了哟。"

"原来如此，匿名信的幕后主使啊。你又接了个棘手活儿啊。"

诹访野喝了一口祐介买给他作为"咨询费"的罐装咖啡。

"啊，真的是很麻烦。本来指导实习医生们已经够累了。"

祐介和诹访野转移至 ICU 旁边的医生用休息室，大概八张榻榻米大小的空间内放置着两张沙发和饮料的自动贩卖机。自己负责的病人在 ICU 观察时，祐介经常在这里休息。

"那样的话，从一开始就拒绝不就行了吗？"

"那也不行啊。赤石向我保证，如果找到嫌疑人就能让我去富士第一综合医院了。"

诹访野欲言又止地将视线投向别处。

"什么啊？有什么就直说啊。"

"不是，觉得前辈总被随意使唤呢。您就那么想去富士第一综合医院吗？"

"那是当然咯。如果能调去那里，就能为成为心脏外科的主刀医生打开一条崭新的路啊。"

"我一直觉得，前辈您是不是过于执着于成为心脏外科的主刀医生了？"

诹访野摇晃着手中的咖啡罐，冷冷地说道。

"说什么呢。如果不能成为心脏外科的主刀医生，我这八年来的努力岂不是白费了？"

"八年的努力啊……我倒不这么觉得。前辈真是把自己看低了，说起来，前辈从学生时代就一心想成为心脏外科医生呢。您的动力是从哪里来的呢？"

"那是……"

祐介一时语塞，过去的记忆如同走马灯一般在脑海中不断闪现。

"算了，这个话题先放放。说说那封匿名信。"

像是察觉到祐介的脸色变化，诹访野连忙转移了话题。

"嗯，关于那个，你是知道什么吗？"

"这个嘛，那事已经在医院里传开了，我多少听到了些风声。"

"快告诉我！"

诹访野耸了耸肩膀说："好的好的。"似乎在回忆什么似的望着右上角。

"首先呢，传真似乎是以 PDF 的形式从网上统一发出来的，收件人是各科室的医局和大学医院的综合咨询处，而且分院的医局也收到了。"

"连分院都……"

祐介的眉心一动。纯正医大除了位于港区神谷町的本部，在都内和千叶还有三个分院。

"是的，所以这事一出，引起了极大的轰动。表面上，轰动已经平息，但私下却造成了一连串后果。"

"据赤石教授自己说，他所有的论文都在接受调查。"

"似乎如此呢。因为赤石教授在学术研究方面颇有建树，只作为笔头作者的论文数量也不少。大学这边也很苦恼，全部调查一遍是个大工程。但是，也不能置之不管。"

"收受制药公司的贿赂、捏造论文数据，的确会成为一个极大的丑闻。"

"而且就算在我们大学，有嫌疑的人也只有争夺第一名的一两位知名教授而已。如果这件事被媒体曝光，那后果将不堪设想。"

"赤石教授会被开除吧……"

"还不止呢。不仅仅是教授本人，整个'赤石派'都会遭到清算。"

"赤石派……"

祐介的脸色阴沉下来。

"就是赤石派啊。我和前辈目前只是助理级别，离真正的权力斗争还很远呢。但是，一旦升至讲师以上，这种事就无法避免了。从讲师到副教授这个过程，没有上面教授的垂青是很难实现的，多多少少会有站队的意味在里面。"

"真是个令人不快的话题呢。"

"这种事不是哪里都有吗？换言之，医局就像是个小型派遣公司呢，通过派遣医局员卖给联营医院人情，教授什么的退休后还能去混个部长当当。"

"确实啊……"

"不过，我觉得这本身并不是件坏事。正因为能够向没人愿意去的地方医院分配医生，僻远之地的医疗才能保证正常运转下去。不过最近，这个制度怕也坚持不了多久了。"

诹访野略带嘲讽地说道，祐介点了点头："啊，是啊。"

从 2004 年开始实行的新版临床实习制度，让实习医生们能更容易地去市中医院实习。这直接导致了大学医院里的实习医生数量大幅减少，实习结束后留在医局的人数也急剧下降。人员流失的医局开始撤回向联营医院派遣的医生，导致地方医疗水准不断下降。

"从实习医生的角度看，这是个能够提供更多选择机会的好制度。但是，这个制度也有诸多弊端，比如地方医疗体系崩坏、外科医生减少等。这样看来，医局制度虽然也存在问题，但执行起来却还不错。"

诹访野深有感触地点头。

"关于医局制度的优缺点我们另找时间慢慢探讨，现在先回到匿名信上来如何？"

"啊，抱歉。"

诹访野不好意思地摸了摸后脑勺。

"总之，医局员们担心，如果匿名信上的内容为真，此事将会牵连到自己，纷纷开始与赤石教授保持距离。"

"谁啊？这么没节操。"

祐介皱眉，嫌弃地说道。

"这不也是没办法的事情吗？事关重大，谁都不敢拿自己的将来开玩笑。赤石教授应该也非常焦虑吧，一旦失去了名望，连医局日常的运营都会出现问题。所以，赤石教授私下找了很多人，势必要把幕后黑手给找到。处理了那人后，他便能够重新赢回人心。"

"等、等一下。"

祐介打断了诹访野的话。

"你说'很多人'，意思是赤石教授不光委托了我？"

"前辈，那怎么可能呢？赤石教授可是跟身边的人打了一圈招呼了，死马当活马医呗。"

"死马当活马医……"

祐介茫然地重复着他的话。

"所以，前辈也不用太上心了。有可能会引火烧身呢。"

"……教授既然能做到这种程度，那么一旦顺利找出嫌疑人，回报应该也很丰厚吧。"

诹访野惊讶万分，连连摇头。

"或许如此，但前辈可要注意别太陷入其中了。"

"啊，我会小心的。还有……"

祐介润了润发紧的喉咙，说出了最想问的事：

"到底是谁干的，你有没有听到什么消息？"

"这个嘛，我倒是听到了些风声。"

诹访野挠了挠天然卷的头发，祐介一下子凑近他。

"快点告诉我！"

"知道了，您先冷静点。我可事先说明，这只是个传闻哟。请您别太当真了。"

诹访野清清嗓子说道：

"首先，这件事最有嫌疑的就是松户医院的山田教授。"

"山田教授？"

听到这个出人意料的名字，祐介不禁提高了声音。

松户医院是纯正医大的分院之一，山田宗政在其心脏外科担任客座教授。他今年已经六十四岁了，按照规定明年就该退休了。他为什么要这样做呢？

许是看穿了祐介的心中疑问，诹访野继续说下去：

"十一年前，就在赤石教授登上教授之位的那场竞选中，山田教授也是候选人之一。但是，无论从临床经验还是研究水平来说，赤石教授都具有压倒性优势，胜负几乎没有悬念。而且，赤石教授不久又出任了心脏外科的主任，败下阵来的山田教授第二年就被分配到了松户，只当了一个几乎没有任何实权的客座教授。"

"但是，山田教授明年就要退休了，即使现在赤石失势，他也没办法再竞选教授一职了。"

"对赤石教授的恨意已经让他顾不上考虑这些了吧。"

在竞选中败北的耻辱，似乎历经十多年也难以消散吧。

"排名第二的嫌疑人是肥后教授。"

陷入沉思的祐介，再次因诹访野的话而瞪大双眼。

"医局长他？！"

"嗯，是的。"

"说什么呢，肥后老师可是赤石教授的左膀……"

"左膀右臂"这个词几欲冲出口，祐介仿佛意识到了什么慌忙闭嘴。这间休息室是开放式的，什么时候有人进来他们可能都察觉不到。

"我知道前辈想说什么。确实，肥后医生能当上医局长全是拜与赤石教授关系好所赐。不过，他最近太猖狂了，和联营医院之间也起了不少冲突。"

"像是那个人能干出的事。"

以肥后欺下媚上的办事风格，极有可能对有求于他的关联医院摆出一副高高在上的样子。

"总之，联营医院的投诉越来越多，赤石教授似乎因此在考虑更换医局长一事，比如跟候补医局长事先打好招呼什么的。肥后医生应该也意识到了这点，表面上比以往更加卖力地讨好赤石教授，却在暗中谋划着一切。让赤石教授方面乱了阵脚，自己趁机以医局长的身份平息这场闹剧来守住自己的地位。"

"你怎么连这个都知道！话说，你这家伙也太厉害了。"

祐介不禁目瞪口呆，对诹访野赞不绝口。诹访野有些骄傲地挺了挺腰板。

"这个嘛，我有自己的消息网，稍微打听一下，这医院里就没有我不知道的事。"

"你这人，比起做医生，当狗仔可能更适合吧。除了这两个人，还有其他可疑人员吗？"

"当然了，还有副教授柳泽医生。"

"柳组长？"

祐介被这意料之外的名字吓了一跳，几乎喊出声来。诹访野慌忙竖起食指在嘴边做出一个"嘘"的动作。

"啊，抱歉抱歉，不过，为什么柳组长会……"

"我记得，前辈和柳医生关系很好吧。虽然这话有点不太好说，但赤石教授出事，柳医生是最大的受益者。"

"什么情况啊？"

"您不知道吗？如果赤石教授因丑闻卸任，下一任教授的第一候选人就是柳泽医生。她的技术精湛，在医局中也十分有名望。不过，如果赤石教授不出事，柳泽医生想要成为主任教授可就难咯。"

"为什么？柳组长可以参加下一次教授选举啊……"

"如果赤石教授正常退休，下一次选教授就是五年后了啊，那个时候柳泽医生就五十二岁了。"

祐介突然意识到诹访野想说什么，紧紧地抿住了嘴唇。

"您也知道，我们医院现在实行教授年轻化的政策，新上来的教授基本上都是四十多岁。就是说，如果赤石教授正常退休，柳泽医生大概率没机会成为教授了。"

"即便如此……"

"我知道。您是想说：'即使如此，柳泽医生也做不出写匿名信这样的事。'确实，柳泽医生人品高洁，我也愿意相信她。但是，成为副教授后还留在医院的人，就是冲着教授的头衔去的。为了这个目标，我觉得无论是谁都可能不择手段。"

"怎么会……"

祐介轻轻叹气，将手放在胸口。

"没事吧？所以我才说，最好不要涉足太深。像您这样的好人，还是不要和这个黑暗的世界扯上关系比较好。"

"……对不住了，我是好人。"

祐介按住胸口，撇嘴苦笑。

"不不，我这是肯定您。医生的本分是真诚地对待每一个患者，不是争权夺利。作为一个好人，前辈一直都坚守本分地做到今天，不是吗？"

"这算什么？夸我吗？"

"这是我对人最高的夸奖了，您怎么不理解我的意思呢？我自己是希望前辈能一直保持下去的。"

祐介从他的话里听出了对自己因想去富士第一综合医院而积极活动的揶揄之意，心中泛起不快。这时，脖子上挂着的 PHS 轻振，他按下接通来电按钮，话筒的那边一个女声传来。

"平良医生，请来急诊部。三周前从心脏外科出院的病人说自己恶心想吐，请您来看一下。"

"知道了，我马上过去。"祐介挂断 PHS，"不好意思，诹访野，我这边有事先走了。谢谢你告诉我这么多。"

"啊，前辈。"

"嗯？"

祐介握住门把手，回过头来。

"前辈可千万别忘记'医生的本分'哟。您可是心脏外科宝贵的治愈系医生。"

诹访野挤眉弄眼地说道。

"那您好好休息。"

祐介话音落下，一位稍微上了点年纪的男性深深鞠躬，离开了诊室。上个月刚刚做完大动脉瓣置换手术的患者几个小时前又发生了呕吐，他本人担心是手术后遗症来急诊部就诊。经检查后排除了手术的原因，祐介详细问诊后得知病人两天前吃过生牡蛎，便给出了病毒性肠胃炎的诊断。

病人吊了半小时混有止吐药的点滴，呕吐感消失大半，身体恢复得差不多后就回家了。

祐介看了看手表，时间已是凌晨一点半，差不多该去打个盹儿了。他走出诊室，正想去急诊部的休息室便碰上了全副武装穿着隔离防护服的乡野。

"啊，乡野君……值班辛苦了。"

乡野低声说了句"嗯"，既像回答又像叹气。

"那个……现在是要运送病人？"

"说是病人，其实就是个醉鬼。急诊的医生都去外科帮忙了，只剩下我来对付他。"

乡野不耐烦地连连摇头，对着急诊部里面扬了扬下巴。脸熟的急诊医生和外科医生正用担架将病人运出来。

"他们要把病人送到手术室？"

"绞扼性肠梗阻，要进行紧急手术。"

乡野还是一贯的别扭态度，这次却没有无视祐介。也许是宇佐美的呵斥起了作用吧。

远处传来了急救车的轰鸣声，乡野说了句"来了"便向进门口走去。

"自己看诊很辛苦吧？急诊医生回来之前我来帮忙吧？"

"平良医生，您也会急救？"

祐介感觉自己受到了极大冒犯，他努力不在脸上表现出来。

"急救是实习医生的必修课程。"

"不用了。只是喝醉，我一个人就能应付。"

乡野像驱赶面前的飞虫一般连连摆手，出门迎接病人。

救护车的声音停下来，乡野和急救队、护士们一起接住担架走向急救处理室。担架上躺着一位身材魁梧的中年男性，从祐介眼前经过。不知为何，祐介背上打了个冷战。

"大约三十分钟前，病人在新桥站的通道上发生呕吐、倒地不起，过路的行人发现不对劲便打电话叫了救护车。现场询问病人的名字没有反应，也摸不到脉搏。他好像喝了很多酒，在救护车里再次发生呕吐。血压是94/54，心跳……"

"好的，明白了。辛苦您。"

急救队在确认乡野在文件上的签名后留了句"接下来就拜托了"便离开了医院。

"那么，给这位病人打点滴吧。在他醒酒前一直让他平躺着打点滴。"

乡野漫不经心地向护士说道。大概是认为患者只是喝醉酒了而已，谁都没有特别紧张，连护士们的动作都有些缓慢。

"……您还在这儿呢？"

乡野在电子病历上输入打点滴的医嘱后，终于注意到了祐介，他有些惊讶。

"不，马上就回去，我再观察下病人的状态……"

"不过是个喝醉酒的大叔而已。让他在那儿睡一晚上，明天起来就好了。"

如果只是喝醉了倒没事，但是……一股难以名状的不安在祐介心中不断升腾。

我到底在纠结些什么呢？祐介不断反问着自己，将视线转向病床，突然注意到病人的后脖颈青筋毕现，皮肤下的血管仿佛小蛇游走一般。他全身泛起一层鸡皮疙瘩。

"咦？"

正为患者监测血压的年轻护士发出一声惊讶的嘟囔。正敲击着键盘的乡野抬起头来。

"怎么了？"

"测不到血压了。"

"说什么呢？不可能吧。"

乡野站起身来走到病床边，将一根手指放在病人脖子上，眉头紧紧皱起。他急忙换了个位置试图找到病人的脉搏，一番搜寻无果后，他的脸色煞白。

"为什么摸不到脉搏啊？！"

"呀，没有心跳了，要不要进行心肺复苏术？"

护士激动地询问道，连声音都有些变了。但乡野只是茫然地抬起头，仿佛在寻求谁的帮助。

祐介立刻从身旁的急救推车上拿起数根粗点滴针，大步走向病床。

"让开。"

祐介将不知所措的乡野一把推开，将手放在病人的胸口。

"我说，平良医生，您做什么呢？我要给病人做心肺复苏了，别挡道啊。"

"你闭嘴！"

乡野受到呵斥，怯怯地退后一步不敢再说话。

祐介仔仔细细地为病人做叩诊，声音如同敲击太鼓一般，乡野倒吸一口冷气，发出如同打嗝般的声音。

"是张力性气胸！"

祐介大声叫道，两只手用力抓住男人的衬衫，猛地向左右两边扯开，将其撕成两半。衬衫上的扣子弹开，毛发丛生的胸膛裸露在外。

张力性气胸，是一种因外伤导致气道损伤，形成类似于单向阀门的活瓣结构，空气不断泄漏至胸腔内部，只进不出的致死性危急重症。胸腔内气压不断上升，心肺都受到挤压，以致血液不能输送向全身。若置之不管，甚至在数分钟内就可致死。

祐介一手拿着点滴针，用嘴叼着针帽取下，另一只手的指尖在肋骨间摸索着，接着，用针精准地刺进去，点滴针后部顿时喷出一股气流，发出如同吹哨般嘹亮的声响。

祐介将针全部刺入，通常是在血管里留下一个塑料外壳，再拔出金属针头。这样一来就算肺部扩张，也不会被针刺到。他拿起一根新的点滴针，又进行了一遍相同的操作。

"脉搏恢复了！"

第四根点滴针刺入后，护士发出了欣喜的叫喊声。祐介长出了一口气。

"这只是应急措施，马上为病人插上导流管，要快。"

祐介拭去额头上因紧张而渗出的汗珠，这时，结束了外科患者交接的急诊医生闻讯赶来。

"怎么了？发生什么事了？"

"张力性气胸……平良医生，您怎么会知道这个？"

乡野向急诊医生汇报了刚才发生的一切，用颤抖的声音问道。

"病人的颈静脉异常胀突了。因为血液无法回流到心脏发生阻滞，才会出现这种情况。这时候一定要考虑张力性气胸的可能性。"

"但急救队说这位病人是因为喝醉了才倒地不醒的。为什么会变成这样……"

"来看看这里。"

祐介将男人的衬衫完全撕开，乡野和急诊医生见状都不禁倒吸一口冷气。病人的右上腹大部分都变成紫色了，按压下去软绵绵的，毫无弹性。

"肋骨粉碎了。"

"为什么……怎么会……？"

乡野的声音沙哑了。

"应该是遇到了交通事故，不然肋骨不会碎成这样。"

"但、但是，急救队只说他喝醉了啊……"

"这人满身酒气地倒在路上，他们会这么想也不奇怪。但实际上，他应该是喝醉后在路上被车撞到，车主肇事逃逸了。"

祐介飞快地解释道，转脸面向正在监测血压的护士。

"各项指标怎么样？"

"血压 74/38，脉搏 142。"

"休克了！生理盐水开到最大，可能要输血，马上联系检查部送来配对用的血液，快点！"

祐介干脆地对护士下着指示，又转向急诊医生说道：

"腹腔内可能也有出血点，必须做超声确认。病人需要按照重症外伤患者的流程重新做检查。请您下医嘱吧。"

"知道了。乡野君，你去处理室把便携式超声拿来。平良医生，能否拜托您为病人插导流管？"

急诊医生早已习惯了紧急混乱的场面，迅速镇定下来做指挥。有了系统的指挥，各项工作才终于有条不紊地开展起来。护士们接上输液管，拿来各种必要器材。祐介开始为病人置入导流管，抽出胸腔内滞留的空气。

数分钟后，祐介固定好插入胸腔的引流管，只听正用超声仪检查病人腹腔的急诊医生咋舌道：

"腹部内大量血液潴留，可能是肝脏破裂了。"

"那样的话需要进行紧急手术。赶紧呼叫麻醉科和外科的值班医生吧。"

听到祐介的建议后，急诊医生面露难色。

"不行，值班的外科医生正在做手术，现在没有主刀医生。"

"待命的外科医生呢？"

每天晚上，各科室都要留一名医生在科里待命，以便紧急时刻的救援。

"之前没料到是如此危重的患者，没来得及跟待命的外科医生打招呼，现在叫要等三十分钟以上。但病人等不到那个时候了。"

房间内的温度骤然下降。

"那、那么，现在找能接收病人的医院，用急救车运送过去呢？"

一位中年护士提议道，急诊医生摇摇头。

"找到接收医院再送过去花费的时间更多。现在只能联系待命医生，等他过来再为病人输血输液了。形势严峻啊……"

一阵令人窒息的沉默过后，祐介打破了僵局。

"……我来主刀。"

"欸，您不是心脏外科……？"

急诊医生皱眉道。

"我之前被借调到外科两年时间，学习过一般的外科手术，能做个大概。"

"话虽如此，最近您都没有做过腹部的手术吧？这可属于外伤外科的领域，即使对于外科专科医生来说也很难。"

"可是，现在只有这一个办法了。"

"万一病人有个三长两短，我们可是要担责任的。之前有过其他科室的医生处理急诊病人而惹上官司的先例，所以……"

"那又如何？我现在不开刀，病人就没救了！身为医生，只要病人有一线希望，就不应该放弃！"

祐介提高了声音。急诊医生被吓了一跳，像是下定决心一般抿了抿嘴唇，点头道："知道了。马上将病人送到手术室，待命的外科医生来之前我来担任第一助手。本来应该多点人手的，但是大家都在肠梗阻的病人那里抽不出身……"

"让我们科的实习生来帮忙吧。其他两个人在实习生宿舍里，马上就能过来。乡野君。"

突然被叫到名字，乡野猛地挺直腰板，顿了顿道："在、在的。"祐介直直地盯着他的眼睛。

"你来做第二助手，可以吧？"

一瞬间的犹豫后，乡野坚定地回复："是！"

尖锐的警报声回荡在手术室中。麻醉医生额头上渗出细密的汗珠，小心翼翼地为病人注射着麻药。

祐介身着无菌手术服、戴着手套站在手术台旁，俨然一副时刻准备着的样子，他用余光注视着监测仪，上面的血压和心跳数据不容乐观。待命的外科医生还是没到。

果然只能我来主刀了。祐介用呼吸缓解着紧张的情绪。

适合输血用的血液不够了，虽然他们已经联系红十字会补充，但距离送过来应该还有一段时间。腹腔内的出血止不住的话，病人的命就救不回来了。

麻醉医生的身边，牧和宇佐美正紧张地忙碌着，交换点滴液、辅助气管插管。十五分钟前，祐介用医院的内线电话联系上他们后，二人毫无怨言地立刻就从宿舍赶到了手术室。多亏了他们两个人的协助，麻醉才能顺利进行。

"没事的，冷静点。"祐介用尽量轻松的口吻说道，乡野的动作僵硬得像个关节生锈的机器人。

"但是……如果我能第一时间意识到是交通事故……"

"现在正在手术，要集中精力，你正在救人呢！"祐介气势汹汹地训斥道，他话音刚落，麻醉师便提高声音说："麻醉完成了。"

"靠你们了！"

祐介右手握住手术刀，用刀尖贴近从无菌布下面露出的胸口。好久没做腹部手术了，但此刻不是犹豫的时候，他干净利落地挥动胳膊往下一拉。

锋利至极的刀刃剖开了皮肤和脂肪组织，从胸口到下腹的正中顿时出现了一条长长的裂缝，祐介将手术刀放回到器具台上。

"剪刀。"

负责传递医疗器械的护士将剪刀递给祐介。手术台的另一边，急诊医生正拼命地用电气手术刀进行切开部位的止血。

祐介正准备用剪刀插进切开的部分，却突然停下了手上的动作。如果用这把剪刀切开腹膜，腹腔内压力会骤然下降，出血量将大大增加。他使了个眼色，急诊医生迅速理解了他的意思，轻轻地点了点头。

祐介下定决心，一下子剪开腹膜，深红色的血液顿时从切口处喷涌出来。

"吸引！"

祐介话音未落，急诊医生便将一根细长的塑料管插入病人腹腔，血液顺着吸引管被吸出，发出擤鼻涕般的声响。

"用神经拉钩扩大创面。"

祐介从器具台上取出一只顶端呈 L 形状的金属器械递给乡野。乡野慌忙接过，用顶端插入创面往左右两边一拉，伤口面积扩大了。

白色的小肠浮现在血海上。祐介边用单手握住无影灯的把手调整光照角度，边凝视着腹腔内部。

占据了右上腹大部分空间的肝脏上出现了一条竖向的深裂口，血液从里面有规律地不断喷涌出来。

"纱布！"

护士将数块纱布递给祐介。

"这些不够，把所有的都给我！"

祐介连连从护士手上拿到纱布，压在肝脏的创口上。

首先必须用压迫止血法，他两只手不断向下施压。

"血压过低！ 74/38 ！"

麻醉医生的叫喊声响彻整个手术室。果然，腹膜被切开后，出血量加大了。

祐介看着自己的手。虽然出血的势头变弱，但并未完全止住，纯白色的纱布一点点被血染成鲜红。伤口太大了，仅仅用压迫止血是不行的。

他用尽全身力量想要压住伤口止血，但其面积实在太大，这样下去肝脏有可能彻底破裂。

怎么办？怎么办才好？焦虑如火焰一般烧灼着他。

"血压又降低了！ 68/34！请快点止血！"

麻醉医生的声音近乎悲鸣，手术室里，所有人绝望的目光都集中在祐介身上。

"剪刀！"

祐介在口罩下面暗暗咬紧牙关，对着管理器械的护士大喊。

"欸？啊，给。"

瞬间的犹豫后，护士将剪刀递给了祐介。祐介将右手从纱布上拿开，接过了剪刀。

"平良医生，这是干什么？现在松开纱布，血可就止不住了！"

急诊医生连忙喊道。

"别管我了，专心吸引。乡野君！"

突然被叫到名字的乡野身体一僵。

"用无影灯照我的手。"

"欸，为什么要……"

"照我说的做！"

"是、是！"

乡野慌忙握住了无影灯的手柄。祐介转头望向麻醉医生。

"医生，我只需要一分钟就够了，请您务必保持住病人的血压。"

"……我尽力。"

"拜托了。"

祐介长长地叹了口气，从腹腔里取出压在肝脏上的纱布丢在地板上。吸满血液的纱布重重地落在地板上，顿时血沫四溅。解除压迫的伤口处再次喷涌出大量血液。

"吸引快上，还有无影灯！"

祐介拨开黏滑的胃和小肠，将手插入肝脏内侧将其举起。

"太黑了看不清楚，再来点光！"

听到祐介的指示，乡野慌忙移动无影灯从侧面照过来，肝脏的内侧一下子看得清清楚楚。

要快，但要小心。

祐介边告诫自己，边用剪刀拨开其他组织，将肝脏内侧整个露在外面。

"血压低于 60 了！"

耳边传来麻醉师的叫喊，祐介却只一心用剪刀的刀尖扒拉开组织，寻找着目标。

"没有血压了！"

几乎和麻醉师的话音同时落下，祐介说了声"有了"，便将手里的剪刀扔到地上。

"止血钳！"

祐介目不转睛地盯着自己的目标，向后方伸出右手。什么东西重重地甩到掌心中，他使尽浑身解数，毫不迟疑地直接将那前端部分深深地插入肝脏内侧。止血钳发出一声钝响，几乎要震破他的耳膜。

时间仿佛定格了，祐介小心翼翼地将手从止血钳的把手里抽出，望向肝脏表面，刚刚还在往外喷血的伤口此时正静静地对他展示着赤黑的截面。

"血……止住了？"

仍紧握着无影灯手柄的乡野开口了。

祐介将视线转移到麻醉器的监测仪上。刚刚显示"无法测定"的血压值变成了"58/32"。

"血压重新上升了！"

麻醉师兴奋的呼喊声在耳边响起，祐介暗暗握紧拳头做出一个小小的胜利手势。实习生和护士们发出一阵欢呼。

"为什么……明明伤口还没缝合……"

仍旧手持无影灯手柄的乡野一脸茫然地小声嘀咕道。

"因为我找到了门静脉，用止血钳截住了那儿的血流。"

肝脏内侧的肝门部集合了门静脉、肝动脉等重要血管和胆汁通过的胆管。控制住肝门部的血流，便可从根本上阻断流向肝脏的血液。

"肝脏是耐缺血性极强的器官，可以在一定时间内止住血液流动，趁这个工夫，我们赶快缝合伤口吧。"

祐介话音刚落，手术室入口处的门打开了，一位喘着粗气的护士走进来。

"外科医生到了！输血用的血液也马上到达！"

护士身后跟着一位身着浅绿色手术服、体格魁梧的中年男性。

"久等了。病人状况如何？"

外科医生边粗声询问边凝视着监视器。

"Ⅲa型的肝损伤吗？现在看来似乎血止住了。"

"用止血钳夹住了肝门部，紧急止血。"

祐介如实回答，外科医生发出一声惊讶的"啊"声。

"您是心脏外科的吧，竟然还知道这个方法。"

"我在外科轮岗时担任过肝切除手术的助手，学过一点。"

"原来如此。好嘞，我洗洗手就来主刀，您来做我的助手吧。"

外科医生一路小跑向出口处，突然停下脚步回头道："那个，心脏外科医生。"

"什么事？"

"做得好，您真是个好外科医生。"

身心俱疲……ICU 的护士站内，祐介一屁股瘫坐在椅子上，实习生们也纷纷效仿。

时间已到了早上七点半。几小时前，代替祐介主刀的外科医生用精湛的技术完成了肝脏修复手术。

术后，祐介和他一起在 ICU 进行了例行的术后管理，并向当地的警察局汇报了肇事逃逸的可能，不知不觉就到了这个时间。

"辛苦了。特别是牧君和宇佐美，在没有值班任务的情况下特意赶过来救人，真是帮大忙了。"

"您太客气了，我们上了很棒的一课。"

"昨晚非常充实。"

虽然面露疲惫之色，但牧和宇佐美脸上都带着满足的微笑。

"无论如何，都谢谢你们。"

祐介望向 ICU 里，一位中年女性和小学生模样的男孩靠在病床边，那是病人的妻儿。女人的双眼充满血丝，从远处都看得一清二楚。

"太好了，病人得救了。"

"啊，确实。"

祐介脸上带着满满的成就感，环视了一圈实习生。

"那么，就先解散吧。你们三个都累了吧，今天上午只安排了心脏超声的见学课程，回去小睡一下也没关系……"

突然，乡野从椅子上站起身来。祐介不由得打住了话头。

“嗯？怎么了？”

难道又要抱怨什么？祐介浑身紧张起来。

“……我去。”

乡野低着头小声说道。

“欸？”

祐介惊讶得直眨眼。

“我在急诊部交接班后就马上过来学习心脏超声检查的内容。”

“啊，啊，有余力的话当然欢迎。”

乡野盯着迷惑不解的祐介。受到了那视线的压力，祐介不由得向后倾倒。

“那个……还有什么事吗？”

“今天的事，非常感谢您！”

乡野突然鼓足勇气大声说道。

“如果当时您没在现场，那个病人就没救了。此外，开腹后的止血术，真的很厉害。当时的情况那么紧急，您还能将自己专业之外的手术完美完成，难以置信。怎么说呢……很感动！”

乡野一口气说完，转身离去。

“……什么啊！”

目送着乡野的背影，宇佐美难掩嘴边的笑容，发出哧哧的笑声。

“继牧君之后，好像乡野君也变成您的粉丝了呢。果然男人都是单纯的生物。”

“我才没有……”

牧闻言不快地噘起嘴。

其实，祐介并没有做什么额外的事情，只是全力拯救病人的性命而已。只是，若是自身行为能让实习生们有所感悟，他就很开心了。

"那么我们先就地解散吧。你们也回宿舍休息一下。我回医局写完值班日志后就小睡一会儿，我们心脏超声检查时见。"

祐介说完，一行人走出 ICU。他在新馆门口与牧和宇佐美作别，朝医局楼走去。早晨清新的空气让他的精神为之一振。

在医局楼楼下等电梯时，一个声音传来："那个，平良老师……"回头一看，原来是宇佐美。

"咦？你不是回宿舍了吗？"

"我是打算回去的，但有点事想和您商量。您现在有时间吗？"

"啊，当然。"

"自我介绍的时候我曾说，一直对小儿心脏外科很感兴趣。所以，如果有可能，我希望在实习的时候也能多接触一些小儿病例。"

"啊，原来如此。小儿病例的话……"

由于祐介一直从属于成人心脏外科组，他的手上没有儿童病人。

"我知道这是个不情之请，所以我才想私下和您商量……"

宇佐美的声音渐渐低沉下来。

"没有，这可不算不情之请。了解了，你是想成为小儿心脏外科医生，但现在看的病例都是成年人……明白了，我想想办法。"

"真的吗？！"

宇佐美脸上的阴霾顿时一扫而光。

"嗯，小儿心脏外科组的负责人柳泽副教授和我关系不错，我今天就去问问看。"

"非常感谢您！"

宇佐美满面笑容地说道。

"宇佐美是真心喜欢小孩子呢。"

"是的！我最开始的志愿是去儿科，但后来觉得还是小儿心脏外科更能治愈孩子的病。而且我听说，最近有志于成为小儿心脏外科医生的人正在减少。"

"啊，确实如此……"

祐介在心中暗自补充一句："有志于成为心脏外科医生的人本身就在减少。"

"正因如此，我才觉得机会来了。确实，日常工作十分辛苦，朋友也曾劝我放弃。不过，正因为竞争不如以前那么激烈了，我才有可能努努力成为独立的小儿心脏外科医生，才能够拯救更多孩子的生命！"

也许是一夜未眠让她的精神更加亢奋，宇佐美毫不迟疑地一口气说完。

"如果我能进入心脏外科，希望能用手术帮助更多孩子，同时兼顾家庭，养育自己的孩子。"

"这样啊……"

这个梦想有多难以实现，祐介心里是最明白的，他几乎没时间见女儿一面。但是，他不想给她泼冷水。

在以往的实习中，宇佐美充分显示出了性格坚韧、能力高超、悟性过人的特点。虽然自己没做到，但也许宇佐美能实现事业家庭两全的梦想。而且，恶劣的劳动环境正成为一个重要的社会问题，心脏外科要命的工作强度也是时候改善了。

"喂，平良！"

突然，一个沙哑的男声响起。定睛一看，医局长肥后摇晃着肥大的肚子从入口向这边走来。

"啊，肥后医生，您好。"

祐介缩了缩脖子，向他打招呼道。自从在上周的冠状动脉会议上触到肥后的逆鳞以来，他和肥后之间的关系更加恶化了。

"你小子，跟教授说什么了？"

肥后轻轻推了一下祐介的胸口。

"您在说什么？"

"别跟我装糊涂了。昨天，教授跟我说了，让你回手术室。"

"那个嘛……"

祐介沉默不语，心中明白这是教授对他接受调查匿名信一事的"酬劳"。

"你可别太得意了，站错了队，最后倒霉的可是自己。"

"欸……什么意思？"

祐介反问道，只见肥后的脸上浮现出一丝动摇的神色。

昨晚，诹访野的话又响在脑海中。赤石教授因此次的事情被解雇的话，可能就是肥后在背后搞的鬼。昨晚他还不信，现在见了肥后的样子，觉得也不是不可能。至少，肥后在有意与赤石教授保持距离。

"话说回来，你这个时间在和实习生说什么呢？"

也许是为了掩饰自己的失言，肥后提高了声音。

"你们两个脸色都不太好啊。平良，你不会是对实习生出手了吧，两个人在值班室里卿卿我我到天亮。"

肥后发出猥琐的笑声，脸上的肉都牵动着。这个玩笑太下流了，简直可以称得上是职场骚扰。

宇佐美一脸蒙，嘴巴半张开，一副完全不明白他在说什么的模样。

"不、不是的。我是在劝她，实习生们都很优秀，一定要来我们心脏外科啊。"

　　祐介连忙从中调停，宇佐美仿佛终于听懂了肥后的意思，脸色渐渐变得僵硬。

　　"那当然好了，一定要来科里。不过，女医生入局后很快就会生孩子辞职。想留在我们这里就不要考虑孩子的事情了。"

　　宇佐美一下子瞪大眼睛、屏住呼吸，说不出话来。肥后丝毫不顾她的反应，说了句"我先走了"便走进了电梯。

　　不知是羞辱还是愤怒，宇佐美的脸涨红了。

　　"那、那个，宇佐美。"

　　"……我先走了。"

　　宇佐美生硬地说了句，脚步匆匆地离开了。祐介无言以对，只能目送着那小小的背影离去。

　　快要消散的疲惫感卷土重来，重重地压在他的背上。

第三章

回忆的伤痕

1

宇佐美的事过去整整一天后，祐介一大早便来到了医局。刚刚七点过几分钟，除了他谁都没来。

祐介强忍着连天的哈欠向办公桌走去。因为负责的病人都状态稳定，昨晚他难得地按时下班回家，见到了女儿真美。小姑娘见到父亲十分开心，绽放出灿烂无邪的笑容，祐介见状在欣慰之余也因平日里不能陪伴女儿感到心中有愧。

他在椅子上坐定，轻揉着太阳穴。明明难得地能够在家放松一下，他的胸口却像压着块石头一般沉重，理由不言而喻。肥后的话让宇佐美昨天一整天都眉头紧锁、神情严肃。乡野和牧见状一头雾水，但二人即使发问，她也只是用毫无起伏的声音回答"没什么"。祐介好不容易修复了与乡野和牧的关系，这回又轮到宇佐美了。不过，正因为这次不是自身的原因，关系修复起来就更难了。

在听到肥后的话之前，宇佐美对入职心脏外科无疑是十分积极的。但是，一旦被说"入职后就要放弃生子"，有所迟疑是自然而然的。

怎样才能让宇佐美重拾回到心脏外科的热情呢？苦苦思索的祐介不由得扶额。心脏外科可谓最忙的诊室了，而且，成为合格的医生也需要相当长的时间。虽然肥后的话毫不留情，但那可能也是他作为医生的心里话。为成为独立的医生，众多前辈医师的谆谆教导也必不可少。煞费苦心培育出的医生因怀孕生子而不能上班，从医局的角度来讲也是希望尽量避免的。

对于希望生子的女性医师来说，心脏外科应该是避之不及的科室……大家会这么想也没办法。祐介摇摇头，最后做决定的还是宇佐美自己。即使她希望兼顾心脏外科医生的事业和结婚生子的家庭生活，也不该由他人说三道四。即使实现这个愿望难于上青天。

我的任务就是向实习生们彰显心脏外科的魅力所在，接下来就是他们自己的选择了。

祐介正在内心说服自己时，身着手术服和白大褂的高个女性打着哈欠进来了。来人是小儿心脏外科组组长柳泽副教授。

"呀，这不是平良君吗？"

柳泽挥挥手打了声招呼。

"早上好，柳教授。"

"怎么这么早呢？"

"没有，我想早点来看看手术后病人的状态。"

"啊，就是昨天从 ICU 里转移至普通病房的金井先生吧。刚才看到他了，状态挺稳定的。"

柳泽在沙发上坐定，大大地伸了个懒腰。

"你还特意去看他了吗？谢谢。"

"今天我值班，这不是应该做的吗？不过，到底是这个岁数了，值班室的床对我来说有些硬了。"

柳泽抓了抓睡乱了的头发。已经升任副教授的她本来是不用承担值班任务的，但她以年轻医生的负担太重为由，每个月都有两三天过来值班。

柳泽顺手拿起沙发旁桌上放着的值班日志，不耐烦地在上面做着记录，祐介望着她寻找着插话的时机。

"平良君，吃早饭了吗？"

"啊，我正准备去吃。"

"嗯，我还没吃。要不一起吧？"

柳泽竖起大拇指指了指门口。

食堂位于纯正医大附属医院主楼地下，柳泽用筷子搅拌着白米饭中的生鸡蛋，祐介坐在她对面，一口一口啜饮着乌龙茶。平日里可容纳数十人同时就餐的偌大食堂中，此刻只有二人在。

"这里有早餐呢。"

祐介环顾一圈食堂。这里有上百年的历史了，每根柱子上都沾染了旧时光的气息。平日里他都在新馆那边解决早午餐，基本上没来过这边。

"年轻点的医生可能都不太了解，在这儿三百日元就能买到早餐套餐。我在这里实习的时候，总是在值夜班的第二天来这里吃饭。"

柳泽吸吮了一口味噌汤，发出了满足的叹气声。

"还是值夜班后的味噌汤鲜美啊，和平时喝的感觉完全不一样。说起来，平良君，你要说什么？"

"欸，说什么？"

"你不是有话想对我说吗？你的脸上都写着呢。所以才在我值夜班后一大早就赶过来了，不是吗？"

一下子被戳穿心事，祐介脸上浮现出一丝苦笑。

"我那么容易就被看透吗？"

"因为我到这个年纪了吧。到底怎么了？"

"嗯，可以的话能不能把您团队的小儿病人分给我一位？"

"哟，终于想来我们这边了？"

"不，我不是这个意思。"

祐介连忙在胸前挥手。

"开个玩笑而已，不用那么紧张。为什么要负责我这边的病人？"

"现在我带的实习生中有一位希望进入小儿心脏外科。她说希望能负责一位小儿患者。"

"啊，就是那个叫宇佐美的孩子吧。那孩子希望成为小儿心脏外科医生啊。就是说将来可能留在我们团队。怎么样？你说实话，她希望留下来吗？"

柳泽身体向前倾，神情认真地发问道。

"热情很高，不过……"

昨天的事又闪现在祐介脑海中。

"怎么了？"

祐介迟疑数秒，不知该不该将事情如实告知，这让他有种告状的不好感觉。不过，柳泽是为数不多的女性心脏外科医生之一，说不定能给点建议。

"实际上……"

祐介下定决心，将事情原原本本地说出来。听着祐介的讲述，柳泽的神情越来越严肃。

"肥后君啊……"

柳泽听完后，她的表情就像吃了只虫子般恶心。

"他一直如此，毫不考虑他人的感受。不知道什么时候就被投诉了。"

"因为他，宇佐美现在深受打击。"

"嗯，不过呢，肥后君说的也不无道理。你想想，以现在的体制，你觉得能一边工作一边育儿吗？"

祐介一时无语。虽说现在自己完全把家里的事情甩给妻子、一心扑在工作上，但庞大的工作量也经常让他觉得体力不支。在这种情况下，他实在不觉得还能再把精力分给育儿。

"是吧，你也觉得不行。外科的世界，就是一个落后于时代的男人的世界，是一个属于职人的世界。"

"职人？"

"是的，现在有种'习惯大于习得''偷师'的感觉，简直可称得上是'职人'。"

"确实……"

"就是因为一直在做些无用功，入职的年轻人才越来越少。一家单传的手工时代已经结束了，这个时代需要更加开放的方式，不减少个人的负担是不行的。"

柳泽激动地一口气说完。祐介被她的话勾起兴趣，将胳膊肘支在桌子上向前探身。

"那样的话，具体来说应该怎么做呢？"

"首先就是要录制下手术的视频让医局员们随时可观摩学习，除此之外，打破一小部分医生独占手术的局面，在上级医生的指导下，赋予实习医生更多主刀的机会。再就是，每周召开一次技术指导会，打造上级医生传授下级医生技术的平台。当然了，也希望能从外面招些讲师过来。"

"太精彩了！"

祐介被柳泽的话深深吸引，声音不由得抬高半分。

"我认真地考虑过给医生减负的方法哟，像现在这么忙，大概率是招不到医局员的。首先，废止现在的主治医生制度，转为完全值班医生制度。"

"完全值班医生制度……"

完全值班医生制度就是将工作时间之外的工作全部交由值班医生处理。主治医生只有在负责的病人状态恶化或死亡的时候才过来处理。

"在值班制度下，主治医生因病人状态不好而一连数日都需住在医院的情况将大大改善。值班日确实会忙碌一些，但每周一次的频率应该也可以忍耐。"

"不过，刚做完手术的病人或情况恶化风险很高的病人，如果不是主治医生在场，恐怕很难迅速应对吧……"

"那是因为信息不对称导致的，每个医生手里只有自己负责的病人的信息。应该增加些会议，打破小儿和成人的界限，共享所有重症患者的信息，这样一来，值班医生也能应付了。"

"确实如此……"

"当然了，光凭这些还不够。这家医院的心脏外科格外忙碌，根本原因就是人手实在太少。只要增加心脏外科医生的数量就够了，如此一来，个人身上的负担就减少了。"

"话虽如此，但增加入职医生可不是那么简单的。"

"不不，并不是招新人，而是召回分散在各联营医院的医局员。"

"召回医局员？！"祐介不禁怀疑自己的耳朵，"那样的话不是等同于放弃与联营医院的关系了吗？"

"那又如何？医局兼任人才派遣公司的时代已经过去了。当然，联营医院有其自身的优点，全部召回也不太现实。只是，那些手术少、不适合教育的医院，医局员就没必要继续留在那里了。只保留那些对提高医局员技术有利、手术多的医院。今后医局的发展方向不是人才派遣，而应该只是培育人才的教育机构。"

柳泽似乎说累了，喝了口水，漫不经心地抓了抓微卷的头发。祐介在脑海中反复回味着她刚刚说的话。

放弃人才派遣的老路，只保留教育机构的功能，在医局员不断减少的当下，这确实应该是医局的发展方向。说到底，医局原本的职能就应该是培养医生。讽刺的是，也许在失去很多后才能回到最初的方向。

召回关联医院的医局员，医局的人手就增加了，工作会更加轻松。而且，如果能增加使实习医生提高技术的机会，那就是有百利而无一害的大好事。只是……

"只是，真的能召回医局员吗？"

如果真要实施刚才所说，定会遇到各方面的阻力吧。要打破数十年的传统，定会掀起巨大的波澜。

"我知道这很难。总之，我们的团队已经开始录制手术视频啦、举办技术交流会之类的力所能及的事情。不过……"

柳泽的眼睛眯起一条缝。

"要从根本上改变医局制度，作为小小的副教授是不行的，至少要到主任教授的级别。"

散布匿名信的也许就是柳泽。诹访野的话又在脑海中闪现。

为了实现心中的理想，柳泽也有可能不择手段……

"照现在的情况，兼顾工作和育儿是很难，但今后未必会一直这样下去。这也是我二十年来的心愿。"

柳泽的目光投向远方。她虽然已经结婚，但应该一直没生孩子。作为一名女性，在二十多年的职业生涯中，一定做了许多不情愿却无可奈何的选择。祐介沉默地望着柳泽。

"啊，话题扯远了。刚才说想负责我们团队的住院患儿对吧？"

柳泽从白大褂的口袋里取出一个小小的本子，舔了下手指开始翻阅。

"嗯，这周要住院的孩子是……"

翻阅记事本的手指停下了，柳泽的脸上蒙上了一层阴霾。

"怎么了？"

"平良君担任助手时和我一起负责的患儿明天又要入院了……"

"我负责过的小病人吗？这样一来不是正好吗？可以的话我和宇佐美一起负责。"

柳泽将记事本递了过来，祐介看到上面写着的名字，后背上冒起一层冷汗。

"青木绘里香……难道是……"

"是，可能复发了。"

柳泽沉闷的声音重重地回响在空旷的食堂里。

2

第二天上午，祐介和宇佐美并排走在小儿病房楼的走廊里。乡野和牧去参观赤石教授的手术了，三人中只有宇佐美为见小儿患者而缺席。

祐介边走边用余光偷瞄着宇佐美，出了肥后那件事，他对于如何面对宇佐美有些左右为难。

"怎么了？"

注意到祐介的视线，宇佐美停下脚步。

"没有，只是……"

"难道是肥后先生那件事？"

"不是，那个……"祐介说不下去了。宇佐美顿时变得面无表情。

"我知道。心脏外科不适合女性，特别是我这种想结婚生子的女性。还有，心脏外科有不少人心里都是这么想的，虽然嘴上不说。"

宇佐美直直地瞪着他，像是在无声地发问"您也是这么想的吗"，祐介不由得低下头回避她的眼神。

"挑明了也许是件好事。如果有意成为心脏外科医生，我必须比任何男性都努力，让自己的实力强大到谁都说不出来什么。"

宇佐美的语气中包含着满满的决心。

"女性不适合做心脏外科医生这个说法，我是绝对不认可的。确实，女性在体力、结婚生育这些方面存在劣势，但绝对有只有女性才能做到的点。为了证明这点，我绝不认输！"

面对着发出坚定宣言的宇佐美，祐介心头闪过一丝不安。肥后的话比他想象的杀伤力更大，为了愈合这个伤口，宇佐美将男性放在了对立面上。

宇佐美闭上眼睛深呼吸几次，睁开眼睛后，她又恢复了往日的稳重。

"抱歉，我有点激动了，说了不该说的话。"

宇佐美面带腼腆，说了句"走吧"便向前走去。祐介心情低落地紧随其后。

"就是这间病房吧？"

站在走廊最里面的单人病房前，宇佐美的声音带着紧张和期待。

"……是。"

又要和那孩子见面了……祐介情绪更加低落，敲敲门走了进去。

这是一间大概八张榻榻米大小的病房。一对中年男女站在窗边的病床旁，二人都表情沉重，眼睛下面有重重的阴影。

"您好，平良医生……好久不见。"

男人身着正装衬衫，低头示意。这是患儿的父亲青木光也，他身旁的妻子聪子也轻轻颔首。

"好久不见，青木先生。"

距离上次见面虽然只隔了四年，但他看上去像老了十岁。

"这次的主治医生也由我来担任。这是实习医生宇佐美，她作为我的助手一起为绘里香诊治。"

"我是宇佐美丽子，请多关照。"

宇佐美恭恭敬敬地鞠了一躬。

青木夫妇身后的病床上，一位少女正半躺着看漫画，她是青木绘里香，是这次的病人。

"是绘里香吧，好久不见呢。这回也是我做你的主治医生，请多多关照。"

祐介向病床上的少女打招呼，对方却仿佛完全没听见一般毫无反应。

"那个……绘里香小朋友。"

祐介再次招呼道，绘里香终于有了反应，她斜眼望向他。

"我听着呢，真是烦人。"

"绘里香，跟平良医生好好说话！"

光也训斥道，声音却有所克制。绘里香无视父亲的话语，再次低头看起漫画来。

这孩子真是一点没变。祐介挠了挠脸颊，四年前他做管床医生的时候便是这般光景。

"那个，绘里香，这回和我一起的还有这位姐姐，我们俩一起负责，请多关照她哟。"

话音刚落，宇佐美便向病床边靠近几分。

"你好，绘里香，我叫宇佐美丽子。有什么需要我的地方随时叫我就行。"

不出所料，绘里香沉默着继续看漫画。

"你在读什么呢？我也喜欢看漫画。"

宇佐美把手伸向绘里香手里的漫画书。

"别碰！"

绘里香如同触电般"啪"地打开了她的手，发出一声脆响。

"绘里香！"

聪子对女儿发出一声尖锐的斥责，绘里香紧紧皱起眉头，扭头看向窗户外面，小小的身影里透着满满的拒绝。

"对不起，我女儿实在是……"

"没有的事，请别放在心上。"

面对连连道歉的聪子，祐介连忙说道。

"那个，接下来的安排……"

聪子窥探着祐介的脸色，小心翼翼地发问道。

"首先要花几天时间做个详细的全身检查，接下来根据检查结果决定治疗方案。检查结果都出了我再向您详细说明治疗方案。"

"那么拜托您了。"夫妇二人有气无力地回答道。

"彼此彼此。那么，宇佐美医生，我们走吧。"

祐介转身面向门口。但宇佐美却站在原地没有动身。

"绘里香小朋友，有任何难过的事请随时找我，我来帮你。"

宇佐美略带讨好地说道。绘里香却只转过脸，眼神如同寒冰般冷漠，她连连摇头。

"帮我？你能帮我什么呢？你能保证一定治好我的病吗？"

"这……"

"做不到的话就别说些不咸不淡的话！快点出去！"

绘里香将手里的漫画书猛地丢向宇佐美，书重重地砸在宇佐美的胸口上，然后跌落在地。

"绘里香，你干什么！"

聪子的呼喊声近乎绝望。绘里香紧紧地将身体蜷缩起来，宛如一只面对天敌时展开自我保护的甲壳虫一般，两只手紧紧地捂住耳朵。面对她拒人于千里之外的姿态，一时间谁都说不出话来。

"……宇佐美医生，走吧。"

祐介再次对宇佐美催促道。然而，宇佐美紧紧盯着蜷成一团的绘里香，大步向病床走去。

"心脏肿瘤吗？"

牧抬高声音惊讶地发问。从绘里香病房回来后，宇佐美和祐介刚好在心脏外科的楼栋外面遇到刚下手术台的乡野和牧，此刻，几个人正在护士站里研究绘里香的病例。

"心脏上也会长肿瘤啊。"

乡野重重地靠在椅子上发出一声嘟囔。

"说什么呢，乡野。虽然不常见，但也有心脏上长肿瘤的先例。临床上多见'黏液瘤'，是一种良性肿瘤。"

"啊，我想起来了，确实有这样的肿瘤。我记得好像在国家考试的时候学过这个知识，不过，良性肿瘤一般来说问题不大吧。"

"我说，黏液瘤可是一种非常容易破裂的肿瘤，残片跟随血液冲向大脑的话很容易引起脑梗死。所以根据肿瘤大小，必须进行开胸手术切除肿瘤。你可要牢牢记住这点啊。"

牧一脸震惊地说道。乡野只是淡淡地说了句"这样吗？"便用双手环抱住后脑。

"牧说得完全正确。心脏上长肿瘤，在临床上非常罕见，其中绝大部分都是良性的，最多的便是刚才提到的黏液肿瘤。"

祐介用鼠标在屏幕上点击了一下，上面出现了四年前青木绘里香住院时的历史病历。

"所以，这孩子也是黏液瘤吗？"

"不，她不是。"祐介皱起眉头，"她的是恶性肿瘤，就是癌症。"

"恶性肿瘤？！心脏上还会长恶性肿瘤？"

"啊，是的，在临床上非常非常少见。在本来就不常见的心脏肿瘤病例中，这种也算是很罕见的情况了。"

祐介调出之前病理检查的结果，上面记载着"Rhabdomyosarcoma"这个单词。

"这是……"牧艰难地吞了口唾沫。

"横纹肌肉瘤，就是一种从构成基础肌肉的细胞上长出的癌症。不过，心肌上的癌症，世界范围内都没几例。"

"听起来……是一种很难治疗的癌症。"

也许是意识到了病人病情的严重性，乡野一下子严肃起来，在椅子上正襟危坐。

"嗯，一般而言，肌肉瘤，就是从非上皮细胞上长出来的癌症，恶性程度会高一些。这种横纹肌肉瘤也不例外。"

"那，五年期的生存率呢？"

"很难说清楚。病例数量实在是太少了，但据我所知，确诊心脏横纹肌肉瘤之后，患者五年以后的生存率是……0。"

一直沉默着凝视屏幕的宇佐美闻言，身体不禁小小地颤抖了一下。乡野从侧面打量着她的脸。

"我说，宇佐美，没事吧？你的脸色发青。"

"……没事。"

宇佐美声音沙哑，看上去怎么也不像没事的样子。

"不过，我调查的尽是发现时癌症已经转移、无法进行手术的病例，不能完全套用在绘里香身上。绘里香的癌症的发现纯属偶然，目前还在早期，还有机会做手术。"

祐介像是找补一般说道。牧用不可思议的语气问："偶然发现？"

"绘里香是在学校做日常体检时被发现心脏有杂音，便专门做了心脏超声检查。杂音本身倒是没什么危害，换句话说，这个年龄段的孩子很多都有这个问题，但超声在她的右心房房壁上发现了小小的肿块般的东西，经详细检查，诊断其为横纹肌肉瘤。肿瘤体积不大，也没有转移，于是由柳泽医生主刀，切除了肿瘤及其附近的心肌。"

"这个手术成功了吗？"

乡野一听到手术两个字便来了劲。

"成功了。肿瘤大部分都被切除了，但问题是术后的后续治疗。"

"后续治疗？"

"肌肉肿瘤是非常容易转移的，术后多年仍有不少复发的案例。为了将复发的可能性降到最低，需要定期服用抗癌药。国外也有相关数据显示，抗癌药能够有效抑制心脏横纹瘤的生长扩大。"

"怎么说呢，治疗手段给人一种非常随意的感觉。"

牧紧紧皱眉道。

"没办法啊。心脏横纹肌肉瘤通过做手术治愈的案例几乎没有，所以根本无法确定具体治疗方案。只能在和她父母协商的基础上，摸索着寻找最佳方案，说白了就是我们来决定什么是'最佳'。但是……"

祐介想起了四年前的事情。他搜寻了全部能查到的论文，召开小儿心脏外科全体会议讨论，几次与其父母谈话后最终确定治疗方案。但现在回想起来，方案都未经绘里香本人同意。

"在最后一次化疗前，绘里香的精神崩溃了。"

"精神崩溃，什么情况？"

"在孩子看来，自己的身体明明没问题却突然被安排开胸手术，不得不忍耐剧烈的痛苦。而且在那之后，还有高强度的化疗。疲惫和呕吐感时刻相随，头发也都掉光了。这一切对一个仅仅十岁的孩子来说过于残酷，以至于后来她在化疗仅仅进行了一半的时候便拒绝一切治疗。"

"拒绝治疗的意思，就是中途放弃治疗了吗？"

"'再进行下去我就自杀！'她连这话都说出来了。那孩子只有十岁，就把'自杀'挂在嘴边了。她的父母见状也动摇了，马上就说他们不化疗了……"

牧和乡野都沉默了。宇佐美放在膝盖上的双手紧紧握成拳。

"就这样，化疗疗程只进行了一半，他们便放弃了。她在出院后会定期来医院复查癌症是否有复发的情况，直到上周他们来做检查……"

"复发了吗？"牧缩了缩脖子问道。

"还不确定。超声显示右心室的房壁上有轻微异常，可能是癌症又复发了，也可能只是之前手术留下的痕迹。为了更进一步确认，她这回又住进医院来了。"

祐介一想到四年前的场景，懊悔就瞬间涌上心头。

为了救孩子的命，他们想尽办法，但后果就是在小女孩的心中留下了无法磨灭的伤痕。绘里香从一开始就对医护人员抱有警戒心，经过这么一折腾，更是将心门完全关闭。一眨眼，四年过去了。

他的脑海中又浮现出绘里香那冷冰冰的眼神，突然，宇佐美猛地站起身。

"平良老师，我去趟图书馆查阅些心脏横纹肌肿瘤的文献。"

"啊，文献的话，我四年前也收集了不少，一会儿都发给你。"

"好的，谢谢您了。不过，这四年间说不定会有些新研究或病例报告，我去查查看。"

宇佐美的声音里毫无感情，眼神既有些迷茫又带着担心。

"嗯，别太担心了。我们现在要去查房，六点钟我们再在这里集合吧。"

"谢谢您。"

宇佐美欠了欠身，离开了护士站。

"宇佐美是怎么了？她的脸色看起来不太好呢。"

牧挠了挠头发。

"她被这个绘里香小朋友狠狠说了一顿，我觉得她是受打击了。"

听了祐介的话，乡野耸了耸肩。

"平良老师，您别介意，她一直那样。"

"一直那样？"

"我在儿科实习的时候和她是同学，那家伙虽然平时大大咧咧，但一见到重症的小儿病人就会变成那样。"

"就像刚才那样，一副想不开的样子吗？"

"就是那样的。就像自己得病了似的，突然就变得特别严肃，整个人都扑在小病人的治疗上面了。一开始大家只觉得她是个'非常认真的实习医生'，到后来都觉得她是不是有些用力过猛，指导老师们也说不清楚她到底是因为担心还是因为专注……"

"为什么会这样？"

"这个嘛，我也不太清楚。这家伙，一接触到孩子的事情就进入了忘我状态。所以，当她说希望留在小儿心脏外科的时候，我可是在心里大呼糟糕的。"

"这种事你怎么不早说？"祐介单手捂脸道。

自打从柳泽手里接过绘里香以来，祐介就一直为治疗方案苦恼着。他本想着这种病人十分稀少，为其看诊能够积累宝贵的经验，最终答应了宇佐美的请求，可听了乡野的话，他后悔当初没有拒绝她。不稳定的患儿，加上不稳定的医生，彼此都可能给对方带来伤害。

从现在起，也许更换负责医生比较好，但宇佐美能轻易接受吗？祐介想起了她那空洞的眼神。

她已经沉浸在绘里香这个病人的病情中了，实在是千钧一发……

"那个，平良老师——"

乡野试探着开口道。

"嗯？怎么了？"

"我稍微转移下话题，肥后医生出什么事了？"

"肥后医生？怎么回事？"

"没事，就是在今天的手术中……你来说。"

乡野将话题抛给了牧，他犹豫着点了点头。

"怎么了？说清楚。"

"没有，就是今天的手术，肥后医生对赤石教授的态度有些怪怪的。"

"对教授的态度？"

"嗯，之前肥后医生一见到赤石教授，怎么说呢，多少有些谄媚吧……"

"啊，我知道你的意思了。"

肥后面对年轻医生一向趾高气扬，但在地位比他高的人面前，特别是赤石教授，简直像奴仆一般谦卑。

"但就在今天，他的态度一反常态，特别不配合工作。担任第一助手的时候不是说'教授，我没听清楚'，就是把'没必要那么着急吧'挂在嘴边。"

"肥后医生吗？！"

祐介被肥后这出人意料的举动惊呆了，说话竟有些破音。

"是的啊，不敢相信吧。所以我们才好奇，到底发生了什么？"

原因很明确了。肥后是觉得赤石彻底没有指望了，再像从前那样唯他马首是瞻很危险，才转而将枪口对准了赤石。

为了报复赤石意欲换掉自己的行为，肥后先发制人向整个医院寄送了匿名信。诹访野之前的话，现在又平添了几分可信度。

"检举信。"

细小的声音在耳畔嗡嗡作响。突然，一直埋头沉思的祐介抬起脸来，这动作引起了牧的注意，他目不转睛地盯住祐介，等待着他下一步的动作。

"不久前，各科室的医局都收到了用传真送来的揭发赤石教授的检举信。我们在想，应该就是因为那个。"

"为什么你们会那么想？"

祐介一时无语，竟不知道如何将整件事搪塞过去。

"有传言，赤石教授从前的论文正在接受学术委员会审查。如果检举信的内容属实，说不定教授会被辞退。"

他们怎么会知道这些？

祐介大为震惊，牧和乡野眼睛一眨不眨地盯住他。

"什、什么？"

"平良老师，您是了解内情的对吧？"

牧一语中的。

"欸？"祐介禁不住发出一声惊讶。

"您瞒不住我们的，平良老师，您是那种心里想什么都放在脸上的人，别人一下就猜中您的心思了。"

乡野戏谑地说道。祐介见状只好无奈地和盘托出。

"嗯，我是知道，一直瞒着你们，实在对不住，但我不想把你们卷进医局的内部纷争中来。而且，知道了赤石教授这些事，你们一定很失望吧。"

说完，他忐忑不安地观察着二人的反应，这件事大概又会让二人觉得不满了吧。

"您别放在心上，这种事在哪个科室多少都会有吧。而且，就算赤石教授下台，说白了，也不能从根本上决定我们是否想要留在医局。"

"欸？但是你们两个，不是想师从赤石教授……"

"那不过是场面话而已嘛。我是想像赤石教授一样擅长做手术，但一是教授不可能手把手地教你，二是做研究的话，没有教授在场也能继续。"

乡野向牧抛去一个寻求支持的眼神，牧毫不犹豫地点了点头。祐介顿感扫兴，整个人如同泄了气的气球一般。

"不过，你们知道的还真多啊。"

祐介又惊讶又敬佩，乡野听到他的话得意地扬起了嘴角。

"可别小看我们实习生的信息网哟。这家医院里有八十位实习生在各科室转，下班后大家回到宿舍就互相交换消息。如果有心，能收集到整个医院的最新消息。"

收集整个医院的消息？那样的话……

"那样的话，不就能知道匿名信是谁干的吗？！"

祐介猛地站起身来。

"吓我一跳，怎么了？"

"没有，你不好奇吗？到底是谁做出了那样的事？而且，如果嫌疑人能早日被查出，医院内部的这场风波也能早日平息。"

祐介恶狠狠地说道。不管面前的这两个人怎样向他敞开心扉，他都无法把"找到嫌疑人就能调往富士第一综合医院"这件事说出口。

"目前还没听说。我可以试着打听打听。"

"拜托你了！"

面对气势汹汹的祐介，乡野含糊地回答了一声"嗯"。

"那么，先去查房吧。"

注意到乡野的眼神中闪着怀疑的光，祐介连忙补上一句。突然，他的脑海中又浮现出一丝疑问。

"欸，今天是肥后医生担任赤石教授的第一助手？我记得今天应该轮到针谷了吧？"

面对祐介的疑问，乡野脸上现出尴尬的神色。

"就在手术正式开始前，肥后医生进入手术室把针谷医生赶走了，还恶狠狠地说什么'你离一助还差得远呢'，听着特别刺耳。"

3

第二天早上刚过九点，祐介就和实习生们一起来到了小儿病房楼里的护士站。

柳泽坐在电子病历前，十多个医生将她团团围住，其中大部分都从属于小儿心脏外科团队。

心脏外科每周各进行一次赤石带队的教授查房和柳泽带队的副教授查房。教授查房包括心脏外科的所有病人，但副教授查房只查小儿病人。所以，基本上成人心脏外科的医生都不参加本次查房。由于祐介刚刚成为青木绘里香的主治医生，他今天也带着实习生一起来参加了，不过除他之外，参与查房的还有一名成人心脏外科组的医生。

……那家伙怎么也在这里啊？祐介将视线投向紧挨柳泽站着的人，那是医局长肥后，此时他的脸上正带着诌媚的笑。

即使周围的医生都向他投来不屑的目光，连柳泽脸上都是一副迷惑不解的神情，但肥后却表现得没有一丝在意。看上去，他已经将示好的对象从赤石换成柳泽了，这变脸的速度不可谓不迅速。

这两个人中，是谁寄送了匿名信呢？祐介紧紧盯住二人。

即将被赤石赶下医局长宝座的肥后，和赤石下台后极有可能接任教授之位的柳泽。

肥后暂且不论，祐介无论如何都不想对柳泽有一丝一毫的怀疑。

"好，时间到了，我们出发吧。"

柳泽站起身来。

"好嘞，柳泽医生出征了！"

肥后意气昂扬地大声说道，引得周围的医生纷纷皱眉。

副教授查房顺利进行，终于来到了最后一位小患者的病房前。

"最后是青木绘里香小朋友呢。"

柳泽在绘里香的病房前停下脚步。走在众人最后面的祐介和宇佐美慌忙走上前来。

"拜托你们两个了。青木绘里香，十四岁，昨天做了入院检查，既往病史……"

宇佐美一边记着笔记一边飞快地叙述着绘里香的病史。

"……今天开始为她安排详细检查，根据检查结果确定下一步治疗方案。完毕。"

"了解了，辛苦你汇报。我们进去吧。"

柳泽敲了敲门进入病房。

"绘里香小朋友，查房了哟。稍微耽误你一点时间。"

听到祐介的声音，坐在病床上摆弄着手机的绘里香向他投来了冷冷的目光。

"今天感觉怎么样？"

祐介努力维持着脸上僵硬的笑容，慢慢靠近病床。

"……太差了。"

绘里香紧紧皱眉，将手机丢到一旁的床头柜上。

"身体不舒服吗？有没有哪里痛？"

宇佐美也向病床走来。

"这么多医生一下子拥到这儿来，我心里面感觉很不舒服，好像我是动物园里供人观赏的动物似的。"

绘里香一口气说完，病房里的空气骤然变得尴尬起来。

"你好啊，绘里香。"

柳泽打了声招呼，但绘里香看见她，嘴撇得更厉害了。面前这位四年前为她做手术的医生，是她眼中最大的敌人。

"一下子来这么多陌生男性，是我的话也会觉得很讨厌呢。"

柳泽转身环视一圈病房内的医生们。

"主治医生留下来，其他人可以解散了。"

小儿心脏外科组的其他医生闻言纷纷退出病房，肥后虽然不愿意动身，但他还是对着柳泽微微领首，慢吞吞地退出了病房。病房里此刻只剩下柳泽、祐介和宇佐美立在绘里香的病床前。

"舒服了吧？那现在能让我们做检查了吗？"

柳泽好言相劝道，绘里香终于不情不愿地躺下身来。

"失礼了。"

柳泽将脖子上挂着的听诊器的胸件贴在绘里香的前胸上，仔仔细细地听了十几秒后起身面向祐介。

"心脉有些乱。"

"欸？"

祐介对着绘里香示意了一下，自己也开始听诊。确实，心跳声中存在着几秒钟一次的杂音。

"确实……"

"嗯，感觉像是期前收缩，没那么严重。不管怎么说，还是要好好检查一下。"

"……我不做检查。"

绘里香小声嘟囔道。

"嗯？绘里香，你说什么？"

听到祐介的询问，绘里香一下子坐起上半身。

"我说，我不要做那些检查！"

"欸？但是，这次住院就是为了做检查呀。"

"是你们跟我爸妈说要住院，他们才硬拉着我来的！我才不想来这鬼地方呢！"

"但、但是啊……如果不好好检查一下你现在心脏的情况……"

"不要！绝不！我不要你再对我做那些事！"

绘里香拼命地摇头。

"这回的检查一点都不难受。你躺在这儿，很快就好了。"

"我不信，你骗人！四年前就是你害的我！"

"那是为了治好你的病，不得已……"

就在祐介忙着解释的时候，宇佐美突然双手抓住病床护栏向前探出身去。

"拜托了，做检查吧！这是治愈你的必要手段！不放心的话，我可以陪着你一起。"

面对着发出疯狂请求的宇佐美，祐介不禁哑然。

"说了不要，不要！"

绘里香用双手使劲抱住头。

"请不要这样说！只要你去做检查，让我做什么都行！"

　　宇佐美也高声说道。现在的状况很危险。不知为何，连宇佐美也变得非常冲动。

　　"宇佐美，冷静点！"

　　祐介慌忙拍了拍宇佐美的肩膀。宇佐美转过头来，她泪流满面，双眼因充血而变得通红。见状，祐介甚至有些怀疑自己的眼睛。

　　"绘里香，我们一会儿再过来，检查的事情稍后再说吧。"

　　"……跪下求我吧。"

　　"啊？"

　　"我不是说你，是说那个女人。刚才我听她说，什么都能做。那就让她跪下跟我说'请做检查'，能做到的话我再考虑。"

　　"绘里香，不管怎么说，那样做也……"

　　祐介突然打住话头，眼前的宇佐美已经毫不犹豫地跪在了地上。

　　"拜托了，绘里香，请做检查吧。"

　　宇佐美深深埋下头，额头几乎要碰到地板。绘里香也没想到她真的能做出这样的事，惊讶地瞪大了眼睛。柳泽也被惊到了，半晌合不拢嘴。

　　"宇佐美，站起来！"

　　祐介抓住宇佐美的手腕硬是把她拉起来。

　　"现在同意做检查了吧？"

　　宇佐美咧嘴一笑。

　　"宇佐美，出来。"

　　祐介如同拖曳一般将宇佐美带出了病房。

　　"为什么要做那种事？"

　　柳泽靠在椅背上，边叹气边说。从绘里香的病房里出来后，她立即把祐介和宇佐美带到了旁边的病情说明室。

"对不起，当时我脑子里一片空白……"

宇佐美垂头丧气地说道。

"确实，我们应该尽可能地满足患者的要求，但不包括无理要求，这不是和病人建立健康关系的办法。特别是面对心理还不成熟的小孩子时。"

"是的……真是太抱歉了。"

"今后要多注意啊，行了，你可以走了。"

宇佐美仍旧垂着头，祐介正欲和她一起离开，柳泽叫住了他。

"平良君，你留一下，关于下个月的学会，我有话说。"

"嗯？啊，我知道了。宇佐美，你先回去吧，和乡野他们一起处理处理日常业务，我一会儿就过去。"

宇佐美轻轻点头说了声"好的"便退出了房间。

"您是想和我说宇佐美的事情吧。"

门一关上，祐介便面向柳泽说道。下个月，二人并没有参加学会的打算。

"是的，她没事吧？看起来精神状态非常不稳定，她一直都这样吗？"

"不，她平时是个很冷静理智的孩子。不知怎么一到绘里香这件事上就失控了。"

"让那孩子做绘里香的主治医生，可能是个错误的决定啊。趁着还没出大问题，给她换一个小病人吧。"

祐介双手在胸前交叉，沉思了一会儿。

"……请让我再观察观察。"

"没问题吗？等到事情真的发生可就晚了。"

"我会好好教育她，责任由我一人承担，拜托了。"

祐介重重地低下头来，见状，柳泽无奈地揉了揉太阳穴。

"好吧，话都说到这份儿上了就再给你个机会。但你要时刻注意她，一不留神可能就会有严重的后果。"

"我明白。"

祐介掷地有声地答道。

结束了与柳泽的对话，祐介独自来到了医院本馆，只见实习医生们凑在护士站角落的电脑前。他们的背影看上去像是在浏览网上的新闻，这台电脑平时为了方便人们查找医疗信息，特意连上了外部网络。

"喂，工作时间干什么呢？"

三个人浑身一震，都不自然地转过身来。

"稍微休息一下也不是不行，可别被护士发现了啊。特别是护士长。"

祐介开了个玩笑，只见牧轻轻摇头。

"不是的，平良医生。出大事了，您来看看这个。"

牧指向电子屏幕。祐介飞快地读了一遍上面的内容，禁不住屏住了呼吸。画面的最上方赫然显示着一行大字：

揭露医学界的黑暗　著名私立大学伪造研究成果？！

祐介一把将牧推开，自己抓住了鼠标往下翻，上面记载着任职于市内一所一流私立大学的著名教授因涉嫌篡改研究数据而正接受学校大举调查的新闻，连前些天发送到医局的匿名信照片都刊登出来了。虽然抹去了上面的名字，可知道内情的人看一眼就知道当事人说的就是赤石教授。

“这是——”

祐介瞪大眼睛仔仔细细地阅读着新闻上的每个字。上面还说，被篡改的研究成果与五年以内新品药物的疗效有关，明显比匿名信上的内容更进一步。而且，连下期将会揭露更详细的内幕都给予了预告。

“这是今天开售的月刊上刊登的报道，虽说不过是三流的街头小报，而且就这么点信息也无法看出是我们大学，但在医院内部这件事已经传开了。”

牧小声说道。

“是不是发生什么事了……”

“也许是有人把信息卖给了这家杂志社。”

“是谁，竟然能干出这种事？！”

“我觉得就是散布检举信的人，所以这上面记载得才更详细。但关键是，事情闹到了大学之外，再这样下去，可能大批媒体就要闻风而来了。”

正在祐介一时无语时，背后传来了一个粗哑的男声：“喂，平良。”祐介慌忙关上新闻页面转过头，肥后正向这边走来，全身的脂肪随着他的动作摇摇晃晃。宇佐美一看来人是他，脸都扭曲了。

“肥后医生，有什么事吗？”

祐介偷偷用余光确认新闻页面已经关闭。

“你下午要去给病人做超声检查吧？”

“嗯，是的。”

“让助手替你去，你来担任我下午僧帽瓣置换手术的第一助手，预计中午进手术室。可别迟到了。”

“欸，稍等一下，我记得那个患者是……”

"啊，针谷是主治医生。但那家伙给人感觉不靠谱，我让他做第二助手了。"

"第二助手？！"

祐介一时无语。第一助手的任务主要是缝合手术线和把握组织，和主刀医生一起担任手术的中坚力量，但第二助手只是做些吸引血液之类的杂活。但这种事情并不是针谷这种水平的医生应该做的。

"有意见吗？"

"不，没有……"

"那就别磨磨蹭蹭的了，第一助手就是你了，别迟到啊。"

肥后说完便拖着重重的脚步离开了。

"刚才的事，难不成也和那篇杂志报道有关系？"

面对乡野惴惴不安的疑问，祐介一时间失语。

4

"那么，之后的事拜托给你了。主治医生马上过来。"

祐介对护士交代了几句，便和实习医生们一起离开了 ICU 向储物间走去。事发突然，病房里还有些日常事务没有完成，必须回去一趟处理。

祐介完成肥后手术的第一助手的任务后，和前来见学的实习医生们一起将术后的患者移送至 ICU 中观察，如果该患者是自己负责的病人还需要留下来陪同，但今天这种情况就不需要自己在场了。

"……肥后医生今天不知怎的，似乎对针谷医生特别苛刻呢。"

走在祐介身边的乡野小声嘀咕道。

肥后今天确实对担任第二助手的针谷异常刻薄，不是说他"血液没吸出来"，就是"创口开得不好，什么都看不清"，还说针谷"呼吸声太重了，害得他无法集中精神"，总之一句话，好像故意找碴儿一般对针谷在手术中的表现挑三拣四。

类似的事情，对肥后来说倒是家常便饭，但他之前从未将矛头对准过针谷。

"果然，还是和杂志上的那桩新闻有关系吧？看了那个新闻，肥后医生彻底失去了对赤石教授的指望，所以才会累及赤石教授身边的人。"

也许是对肥后的怨气积压多时，乡野不自觉地提高了声音。祐介连忙在嘴唇前面竖起一根手指做出"嘘"的手势。

"小点声，会被人听到。"

"不过，无论怎么说，他的态度都太过分了。"

"这个嘛……"

祐介含糊其词，其实，自己在肥后处遭受过不少类似待遇，但此次幸免的他此刻对针谷却毫无同情之意。

"那么，我先走一步，换个衣服就去病房。"

宇佐美在女更衣室前站定。

"对了，宇佐美。"

听到祐介的招呼声，一只手仍放在门把手上的宇佐美转过头。

"一会儿再去看看绘里香吧。这个时间，估计她妈妈也来医院了，有些事情必须和她沟通。"

"好的，我知道了。"

宇佐美神色一凛，转身走进女更衣室。

"……那家伙，没事吧？"

乡野望着关闭的房门，忧心忡忡地说道。

牧扭头说道："怎么回事？之前不是干劲满满的吗？"

"她陷得太深了，特别吓人。这时候的宇佐美，像是进入了无人之境，要暴走了。"

乡野可谓一语中的。自从担任绘里香的主治医生以来，她明显地有些控制不住自己了。祐介努力拂去内心的不安，说了句"先换衣服吧"便走进了男更衣室。

更衣室最深处有一排柜子是属于实习医生的，牧和乡野二人的正在其中。祐介的则在离入口不远处，他在柜子前脱掉手术服。

正当他从柜子中取出 T 恤衫时，更衣室的门开了，身着手术服的针谷走了进来，他的脸上满是疲惫之色。

"啊，前辈，辛苦了。"

"啊，你来了，辛苦。"

祐介的动作僵了一下，抬起手示意道。

"麻烦您了，帮我护送患者到 ICU。我刚刚写完手术记录。"

"别客气，手术记录原本应该由主刀医生来写吧？"

"是啊，我也很意外，手术记录让第二助手写。"

针谷脸上一红，小声说道。祐介打开了旁边柜子让给针谷，二人沉默着更换了衣服。

祐介换上裤子，犹豫着开了口：

"我才要跟你说声抱歉。"

"欸，怎么了？"

针谷仍半裸着上身，眨眼疑惑道。

"就是今天的手术啊，原本第一助手应由你来担任。"

虽然他对针谷毫无同情之心，但看到昔日的后辈落到眼前这般境地，他心中还是有些罪恶感。

"这不是您的错啊，请别放在心上。"

"……最近发生了很多事啊。"

祐介小心地选择着词汇，针谷闻言，脸上露出自嘲般的笑容，看着令人十分心疼。

"您说的是杂志那件事吧？"

　　一下子被说穿心事，祐介竟不知该做何反应了。

　　"您果然知道了。我刚刚在一层的便利店看到了杂志上的新闻，被惊到了。"

　　针谷懊恼地摇着头。

　　"确实，我是教授的亲戚，但我觉得我和整件事没什么关系。但在肥后医生看来，我仅仅是'教授的外甥'而已。就算他急着和舅舅撇清关系，做得这么露骨也是有些……"

　　面前这个率直的男人，显然并没意识到自己从前受到了多少优待，怜悯和嫌恶之情同时涌现在祐介的胸腔。

　　"前辈，您真的认为舅舅捏造了论文数据，并收受了药厂贿赂吗？"

　　针谷追问道。祐介却无法立刻回答他，他愿意相信教授是清白的，他不想看到自己视为标杆的人物卷入到如此肮脏的交易中去。但是，在大学医院这一复杂的权力社会之下，到底酝酿着怎样的旋涡，祐介还未能看透其中的一点涟漪，更遑论掌握全貌了。

　　"我相信舅舅！"

　　针谷铿锵有力地说道。

　　"从孩童时代我就一直凝视着那个人。他虽然有些顽固不懂变通，也常常被人误解，但并不是会搞邪门歪道的人。这和我是他的外甥无关，我只是尊敬他而已。无论发生什么，我都会追随着他！"

　　针谷好似宣誓般大声说道，面对着他，一阵刺痛又在祐介的右手中指上游走，他条件反射般地用左手抓住它，用力握住。

　　"对不起，我有些激动了。不知怎的，在前辈面前我总会露出任性的一面。不过，我现在心情好多了，谢谢您。"

　　针谷深深地对祐介鞠了一躬，随后一袭白衣消失在门口。刚才他脸上的一丝阴郁，此刻已经一扫而光。

针谷走后良久，祐介仍紧紧地握着中指。

"平良老师？"

身后有声音传来，那是已经换好白大褂的牧和乡野，二人一脸严肃地站在原地。

"啊，是你们啊。"

他完全沉浸在和针谷的对话中，一时间竟忘了更衣室里二人的存在。

"老师，我们一起把发送告发信的嫌疑人揪出来吧！"

乡野突然来了一句。

"再这样下去，针谷医生就太可怜了。到底谁是始作俑者，我们来弄个明白！"

"你们听到我们刚才说的话了？"

"嗯，很抱歉偷听了你们的谈话，但请将这件事交给我们！我们会好好调查的。"

牧走上前来使劲地握住祐介的手。

揪出嫌疑人我就能去富士第一综合医院了。但是，把实习医生们卷到医局的这些事情中，真的没关系吗？

祐介的手仍被牧抓着，他不停地向自己发问。无论他怎样开动脑筋，都无法找到答案。

5

"那么，我们走吧。"

祐介说完，只见宇佐美一脸紧张地连连点头。结束了病房的工作，祐介和宇佐美来到了绘里香的病房前。

"打扰一下。"

祐介敲了敲门走进病房，里面是绘里香和她的母亲聪子。

"平良医生、宇佐美医生，辛苦了。"

坐在病床旁椅子上的聪子一见到二人，马上站起身来。

"对不起，今天来得有些晚了。绘里香，今天做检查了吧，辛苦了。"

祐介对着绘里香说道。从护士递交上来的报告看，绘里香并未拒绝预约好的检查，而是一个不落地全部接受了。

绘里香见状皱起眉头，把脸转向一边，宇佐美走上前去。

"绘里香，谢谢你做了检查。一定很难受吧，你很努力了呢。"

"……我要是不做检查的话，你们又来纠缠，太麻烦了。"

绘里香面无表情地冷冷说道。

"即使如此也没关系，姐姐很开心呢。"

祐介皱起眉头。宇佐美在说到"姐姐"这个词的时候，脸上又浮现出危险的痴迷神情。

"那个，检查的结果怎么样……"

聪子慌忙问道。

"一会儿放射科医生会看报告，结果一出来我就通知您。"

"这样啊，抱歉，我太焦虑了。那个，我怎么觉得绘里香的状态有些恶化了，没关系吧？这孩子去做检查的时候，稍微有些气喘。"

聪子惴惴不安地说着，祐介闻言也来到了病床前。

"绘里香，有没有哪里难受或者觉得疼？"

绘里香置若罔闻。

"绘里香……"

"吵死了，我有点累了，别烦我。"

"绘里香，你刚刚不是说有些不舒服吗？"

聪子也询问着女儿，然而绘里香还是不说话。聪子向祐介投来求助的眼神。

"如果有哪里情况不好，我们从检查结果中就能看出来。到时候我们会视情况采取相应的治疗方案。"

听完祐介的话，聪子脸上的不安稍微退去了一些。

"那就好。那么，绘里香，我这就回去了，你好好听医生们的话，配合治疗。"

"欸，妈妈要走了吗？"

绘里香的声音骤然提高了。

"那当然了，妈妈明天一早还有工作。不过没关系，妈妈明天也会来看你的，乖。"

聪子站起身来，轻轻抚摸着绘里香的脸颊。

"今晚留下来陪我嘛，哪怕就一晚上，求你了。这间屋子住得下呀。"

绘里香继续哀求着。

"但是，妈妈也没带换洗衣物过来呀……别那么任性好不好，你已经是十四岁的大姑娘了，自己在这儿没关系的。"

见状，绘里香紧紧抿住嘴唇，一头栽倒在病床上，赌气似的再次将自己蜷成一团。

"真是的，多大的孩子了，还这么爱撒娇。平良医生、宇佐美医生，给你们二位添麻烦了，请多多关照这孩子。"

聪子垂下头来微微鞠躬。

"……您不能住下来吗？"

抢在祐介说"请放心交给我们"之前，宇佐美低声说道。

"嗯？您说什么？"

聪子有些不可思议地反问。

"无论怎样今晚都不能住下来吗？"

"也不是，那个……我刚才也说了，既没带换洗衣物过来……"

"几件衣服而已，现在回家取了再过来不就行了吗？"

"这个嘛……"

聪子向祐介投来求助的眼神。

"宇佐美，你刚才听到了吧，聪子女士说她明天一早要去工作。"

祐介嗅到了一丝危险的气息，为了不刺激到宇佐美，他努力用柔和的口吻好言相劝道。

"工作的话，从这里也可以去吧？"

"话虽如此……"

也许是察觉到了些许异样的气氛，绘里香挺直上半身坐了起来。

"绘里香想要妈妈！"

宇佐美的声音越来越高亢。

"宇佐美医生，你冷静点。"

祐介立刻出言阻止，但宇佐美似乎一点儿都没听见。

"我很冷静。作为母亲，本来就……"

"宇佐美医生！"

就在这千钧一发之际，祐介用尖锐的喊声打断了宇佐美。只见她的身子一僵，挤出一声既像回应又像叹息的"啊"声。

"宇佐美医生，出去。"

祐介指向病房门。

"但是……"

"马上出去。"

宇佐美紧紧咬住嘴唇，拖着脚步有气无力地离开了病房。

"她是个实习医生，失礼了。"

祐介低头致歉。

"没关系，请别介意。我觉得她一定也是为了绘里香着想……明天起我尽量住下来。"

"那样也好，不过，您也别太勉强了。您二位累倒了更麻烦。"

聪子露出一丝虚弱的笑容："谢谢您关心。"

"绘里香，今天你妈妈什么都没带，住在这儿有些为难她了，明天你要是无聊的话就让她留下来陪你，好吗？"

听了祐介的话，绘里香勉为其难地点了点头。

"那么，我先告辞了。"

祐介再一次对着母女二人微微颔首，离开了病房。刚一出门，低垂着头的宇佐美便站起身来。

"……那个，平良老师……"

"你想什么呢，竟然对着一位独生女儿可能罹患癌症的母亲横加指责。"

"对不起。但绘里香在那种状态下，她的母亲竟然还要回家……"

面对着如同上课迟到的小学生为自己找借口一般的宇佐美，祐介不禁恨得牙痒痒。

"过来。"

他一把抓住宇佐美的手将她带到距离病房最近的病情说明室里。

"你这人到底怎么回事？！"

门关上的瞬间，祐介再也控制不住内心的怒火对宇佐美吼道，宇佐美娇小的身躯随之猛地一震。

"是谁允许你像绘里香的监护人一样指手画脚的，还批评她妈妈？！"

"我……我并没有这个意思……"

宇佐美仍嘴硬地说道。祐介猛地抬起手，伸到半空又停下。

"我不管你到底是什么意思，但至少在聪子女士看来，你就是在批评她。面对一个因女儿癌症可能复发而饱受心灵折磨的可怜母亲，你不应该这么说话。"

祐介扶住额头。也许是终于意识到了自己言行的不妥，宇佐美的神情逐渐变得僵硬了。

"那……那个，我去向绘里香的母亲道歉。"

"现在不要去。"

宇佐美正欲向门口走去，闻言一下子停下了脚步。

"现在你们双方都很激动，这种情况下就算你道歉，对方也很难接受。要道歉的话，等明天你们都冷静下来了再说吧。"

"……知道了。"

令人窒息的沉默顿时笼罩了整间狭小的屋子，数十秒后，祐介缓缓开口道：

"宇佐美，你是不是失去过近亲，可能是，弟弟或者妹妹……"

仿佛被一阵电流穿过，宇佐美一下子变得僵硬起来。

"为什么您会这么说？"

"自从遇到绘里香，你就变得非常情绪化，看你这样子我一下就明白了。"

"……是我妹妹。七年前，她在我高中三年级的时候去世了。她才十二岁。"

宇佐美艰难地挤出一句话。

"她原本是个阳光开朗的孩子，十岁那年，她患上了特发性扩张型心肌病，心脏机能一点一点衰弱下去。我们的父母亲都有工作，在她住院期间，我每天放学后都会去医院陪她。但是……我终究什么都没能做到。"

宇佐美追忆着往事，懊悔地闭上了眼睛。

特发性扩张型心肌病，是一种原因不明的心脏病，心脏肌肉发生突变，越来越薄。这种病预后极差，只有心脏移植一条路可走。

"移植呢？"

"我们提交了心脏移植的申请，但在出现合适的配源之前只能依靠人工心脏辅助治疗，其并发症引起了严重的脑出血……"

宇佐美说不下去了，双手紧紧捂住嘴唇，她努力克制着不让自己哭出声来。那模样一看就是没能从亲人的离世中完全走出来。

祐介轻轻叹气。宇佐美的一番话，不仅充分解释了她为何对绘里香表现得如此执着，也表明了她进心脏外科的终极原因。

在她的内心深处，一定埋藏着目睹妹妹逐渐变得衰弱却无能为力的绝望，她将这种绝望之情外化于行，希望用治愈更多患有心脏疾病的孩子来间接治愈自我吧。

这种想法本身没错，但宇佐美实在有些用力过猛了。

"宇佐美，你退出吧，不要再做绘里香的主治医生了。"

一直低垂着头的宇佐美闻言，猛地抬起脸。

"为……为什么……"

"一涉及绘里香的事情，你就会失去理智，一定是因为你在那孩子的身上看到了你妹妹的影子吧，莫非她们两个人有什么相似之处吗？"

宇佐美沉默不语，祐介见状，心中便有数了，他继续说道：

"再这样下去，无论对你还是对绘里香都不是好事。你去做轻症患儿的主治医生吧。"

"……不要。"

宇佐美拒绝得十分强硬。

"但是再这样下去，构筑医患之间的信赖关系可就难了。"

"我能够做到！我了解那孩子！"

宇佐美口中的"那孩子"，到底指的是绘里香，还是她故去的妹妹，祐介一时间竟无法分清。

"不行，无论说什么你都得退出绘里香的治疗。"

祐介尽量不让自己的声音中夹带任何私人感情。宇佐美的神情一下子柔软下来，整个人如同泄了气的皮球一般。

"……平良老师。"

整整一分钟的沉默过后，宇佐美勉强挤出两句话：

"请再给我一次机会，让我和绘里香好好谈谈。如果我失败了，马上退出。"

祐介用手托住下巴，沉思了片刻，他实在不认为面对所有医生都如临大敌的绘里香会被宇佐美区区几句话说服。不过，若是被绘里香拒绝能让宇佐美整装再出发的话，那也未尝不是一件好事。

"……知道了。就这样吧。"

"非常感谢！"

宇佐美深深地鞠了一躬，退出了病情说明室。祐介跟随其后，脚步重重地落在地面上。

二人再次回到绘里香的病房门前，透过门上的玻璃窗户朝里面望去，病房内已经不见聪子的身影，看样子她已经离开了。

"绘里香，打扰了。"

宇佐美毫不迟疑地推门而入，正躺在床上望着天花板发呆的绘里香见到她顿时吃了一惊，倏地坐了起来。

"怎么又来了？"

"抱歉，我又想看到绘里香了。"

"我倒是不想看到你们。"

短暂的惊讶后，绘里香又恢复常态，在床上缩成一团，只把后背留给二人。

"刚才的事对不起，有点吓到你了吧？"

宇佐美慢慢靠近病床，对着绘里香小小的背影说道。

"……没事。"

绘里香依旧背对着二人回道，祐介却察觉出了不同。此前的绘里香一直对他们爱搭不理，但这回不同，虽然她的态度依然粗鲁生硬，却在好好回答问题。

"那个，绘里香小朋友，今晚我留下来陪你吧。"

"啊？"

绘里香回过头来，声音和祐介的重叠在一起。

"如果可以的话，今晚我住下来陪绘里香。"

"你说什么呢？这怎么能行？"

"这倒没关系，反正我的宿舍就在后面那栋楼里，住在这里也是一样的。我倒觉得这比宿舍更宽敞舒适呢。"

"我不是说这个，说到底，为什么你要住在这儿？"

"嗯，我觉得呢，绘里香是希望有人在这儿——"

"为什么我会这么想？"

绘里香用咄咄逼人的口吻反问道，但是，到现在她还未拒绝过宇佐美。宇佐美微微笑着，凝视着她。

"我在想，绘里香晚上一个人住在这儿，一定很害怕吧。"

神奇的事情发生了，刚刚还面若冰霜的绘里香，此刻脸上竟有了一丝动容。

"我才不害怕！一点都不……"

"没关系的，你不用非要逞强，我明白的。"

"你明白什么？"

"你是因为害怕检查结果出来的那一刻，刚才才会说那些任性的话吧。"

绘里香的脸不自觉地抽动了一下。

"晚上一个人住在这里很害怕吧，脑子里净是些坏念头，所以你才想让妈妈住下来。"

"什么……什么啊……没有！"

绘里香咬紧牙关，从牙缝里艰难地一个字一个字地吐出来。

"没关系，不用勉强自己。为了不让妈妈担心，你已经很努力了。"

宇佐美伸出手，轻抚着绘里香的头发。那一瞬间，绘里香的眼泪如同决堤般喷涌而出。望着此情此景，祐介不禁呆立在原地。

他一心以为，以绘里香对医生的仇视程度，一定会断然拒绝宇佐美。然而这一刻他才发现，自己对她一无所知。

为了不让父母亲担心自己，绘里香故意摆出一副强势的姿态，但她的内心却早已做好与病魔抗争到底的准备。而宇佐美正是凭借之前照顾病重妹妹的经验，敏锐地察觉到了她的本心。

"没关系，没关系，我会一直在这儿陪着你。"

绘里香将头深深埋在宇佐美胸前的白大褂里放声哭泣，将胸中积压已久的憋闷和委屈尽情释放。宇佐美却显得十分平静，只是怜爱地轻抚着绘里香的头发。

数分钟后，待病房里的哭泣声平息下来，宇佐美仍旧轻轻地将绘里香抱在怀里，转头说道：

"平良老师，今天我住在病房里没问题吧？"

事到如今，宇佐美已经不需要再询问是否能够继续做绘里香的诊治医生了。祐介缓缓地点了点头：

"……如果绘里香同意的话，我这边没有异议。"

"那么，绘里香小朋友，今晚打扰了哟。"

绘里香一边吸着鼻子一边点着头。也许宇佐美真的将绘里香紧闭的心门叩开了一条小缝吧。

但不知怎的，望着二人的身影，祐介心中的不安愈发强烈。

大概六张榻榻米大小的昏暗房间内，各种操作复杂的机器森然而立。第二天午后，祐介站在被称作"操作室"的房间内，隔着厚厚的玻璃望着里面。

那里摆放着状如甜甜圈一般的巨大 CT 扫描仪。绘里香躺在操作台上，宇佐美将点滴针刺进她的手腕。这是一种将造影药剂通过点滴注入病人体内进行 CT 扫描，从而清晰地映出病灶的检查。针尖刺进手背的瞬间，绘里香轻轻地皱起眉头。

点滴线接好后，站在宇佐美身旁的放射科医生将装有造影剂的注射泵接到线的侧管上。

"绘里香小朋友，接下来我要给药了哟。身体可能会微微发热，不用担心哟。"

放射科医生慢慢地按压注射泵，透明的液体通过点滴管，慢慢流进绘里香小手上的静脉里。也许是有些许的异物感，绘里香低低地发出了一声呻吟。

"没关系吧，绘里香？"

站在一旁的宇佐美有些担心地询问道。绘里香用细小的声音回答："没事……"

"那么，开始照 CT 了哟。"

操作 CT 扫描仪的医生的声音通过麦克风传来，宇佐美和放射科医生打开重重的铅门离开了 CT 室。扫描仪在工作时会放出强烈的辐射射线，除病人外谁都不能留在原地。

"好的，绘里香，使劲吸气，憋住……"

操作医师一边用麦克风说出指示，一边按下大大的液晶屏幕上的相应按钮。每按一次，巨大的 CT 装置就在绘里香的胸前来回移动一次。

"辛苦了。在那里稍微等一会儿哟。"

数十秒后，结束了扫描操作的放射线操作医师用麦克风说道。

宇佐美回到扫描室，和护士一起帮忙抬起绘里香的身体。

"绘里香，很棒呢，辛苦了。"

宇佐美的声音透过门上的窗户传来，祐介目不转睛地盯住面前的监视器，扫描结果应该马上就会出来了。

"绘里香？"

一阵高亢的声音几欲刺痛耳朵鼓膜。祐介惊讶地抬起头望向里面，只见绘里香紧紧按住胸口，痛苦地跪在了地上。她的面色惨白，望着这一幕，祐介心跳如擂鼓。

"发生什么事了？"

祐介冲进扫描室，绘里香已经趴在地上起不来了，她努力地抬起脸。

"好难受。"

话音刚落，绘里香全身的力气像被抽走了一般，晕倒在地。一旁的宇佐美发出了尖叫，祐介迅速来到绘里香身边将她翻过来仰面朝上。

"是对造影剂的过敏反应？"

紧随其后来到扫描室的放射科医生大叫道。

"不，不是！"

祐介轻拍绘里香的脸颊确认着她的意识回答道。极少数情况下，造影剂会引起病人强烈的过敏反应，但其主要症状是呼吸困难和皮疹，和绘里香现在的症状不同。

祐介将手指放在绘里香的脖颈上，他并未感受到她颈动脉的搏动，这个发现让他顿时心凉了半分，鸡皮疙瘩遍布全身。

"没心跳了，马上准备心肺复苏！"

祐介的话让房间的空气为之一紧，他抬头望向放射科医生和护士。

　　"医生，您去准备心肺复苏设备。你去把急救推车推来，要快！"

　　收到指示的放射科医生和护士回答了一声"好的"便匆匆离开。祐介两手交叠放在绘里香的胸骨上，准备做心肺复苏。

　　"宇佐美，将点滴打开到最大！"

　　祐介一边对宇佐美下指示，一边开始用力按压绘里香的胸口。

　　"为……为什么……"

　　面对着拼命做心脏复苏的祐介，宇佐美茫然无措地望着绘里香。

　　"先别管了，马上把点滴开到最大！"

　　确实，此时他们并不知道心跳突然消失的具体原因，而现在也不是究其原因的时候。

　　"急救推车来了！"

　　护士上气不接下气地大声说道，将装有紧急救援的医疗器械和药品的推车推了进来。

　　"宇佐美，马上注射肾上腺素和阿托品！"

　　祐介虽对宇佐美下了医嘱，但她却像充耳不闻一般仍是呆立在原地。

　　觉察到混乱的医生和护士们接连冲进扫描室，宇佐美的身影被瞬间拥入的人流裹挟，一下子消失在依然跪在地上做心脏复苏术的祐介面前。

6

"这是……"

诹访野注视着显示屏上的电子病历，一时间无语。

"你怎么看？"

站在他身后的祐介低声询问道。诹访野移动鼠标吧嗒吧嗒地点击着，屏幕上显示出了造影后的 CT 影像。祐介和实习生们紧张地屏住呼吸，等待着诹访野的答案。

第二天清早一过八点，祐介将诹访野叫到医局楼旁边的小会议室里，询问他关于绘里香病情的治疗建议。

"怎么说呢……我第一次见到这种情况，放射科那边怎么说？"

"肿瘤复发……而且病灶遍布整个心脏。这是放射科的原话。"

"……很遗憾，我也是这个意见。这里星星点点显示的，应该就是复发的肿瘤了。"

诹访野语气沉重地说道，指了指画面上的一部分，那是放大后的心脏横截面。在那厚厚的筋层中，白色的影子呈斑点状散开。

"这样看来，癌细胞以右心室为中心，正向整个心脏扩散开来。"

"这样啊……"

祐介用余光看了看宇佐美。她低垂着头，脸上没有一丝血色，紧握的双拳微微抖动着。

"这孩子好像昨天心跳骤停了吧，救过来了吗？"

"嗯，算是吧。"

心肺复苏后五分钟，绘里香的心脏重新开始跳动起来。因为当时忙着施救，并没能立即确认缺氧是否产生了脑损伤。在那之后，绘里香被送往 ICU 接受集中治疗。

"那个，我知道她的癌症复发，但是昨天为什么还发生心脏骤停了呢？"

也许是为了打破沉重的气氛，乡野低声问道。

"也许是因为癌细胞已经扩散到了刺激传导系统才引起了心脏异常反应，心脏受到了异常刺激导致心室纤颤。"

诹访野犹豫着答道，这个答案和祐介心里的想法如出一辙。

心脏里有一个叫洞结节的位置，从那里传导出来的电流信号顺着一条通路连接心脏和其他器官，使心脏以固定的节律跳动。癌细胞扩散到这条通路后，会阻碍信号的传导。作为替代，扩散到整个心脏的肿瘤细胞引起了异常电流信号，导致心脏开始出现轻微痉挛。结果，心脏丧失了作为输送血液的血液泵机能，导致心跳停止。

诹访野再次操作起鼠标，屏幕上映出了心脏超声检查的画面。那是绘里香出现情况后在 ICU 里拍摄下来的画面。

"现在心跳倒是稳定下来了，但心脏机能受到了不小的损害。"

诹访野眉头紧皱，牧紧紧盯着屏幕上的画面。

"是因为心脏肌肉被癌细胞占满了吗？"

"也有这个原因。平良前辈，这孩子心跳恢复前做了几次心脏起搏？"

心脏起搏术通过给予心脏一定的高压电电流刺激，让心肌暂时麻痹，使得心脏从痉挛的状态中恢复到正常的心跳节奏。但是，电流每刺激心脏一次，心脏自然就会受到一定程度的打击。

"……五次。"

"这样啊……这孩子本就因癌症而导致心脏功能低下，这回的五次心脏起搏和心肺复苏让病情雪上加霜。"

考虑到绘里香入院时曾主诉走路时呼吸不畅这点，应该本来就存在心脏功能不全，这回的施救让她的病情更加恶化。一阵苦涩涌上心头，但祐介却对眼前的困境无可奈何。

沉默充满了整个会议室，众人都神色凝重，闭口不言。

"那个……这样一来的话，治疗方案该怎么办呢？"

乡野怯生生地问道，替众人问出了心里话。

"针对心脏功能不全的患者，临床上一般先使用氧气和利尿剂观察，如果效果不好我们会用上辅助循环器材，但是，癌症恶化到这个样子……"

诹访野说不下去了，求助般地望向祐介。

"说起来，为什么癌症发展到现在这个程度才检查出来？已经大面积恶化了。"

"癌症的发展速度非常快。半年前刚做过 MRI 检查，那个时候癌症还没有复发的迹象。"

"仅仅半年内，为什么会发展到这个程度？"

诹访野懊恼地说道。

"嗯，发展速度十分惊人，而且癌细胞恶性度很高。四年前手术没能完全摘除掉的一点癌细胞都在这半年内恶化了。"

"那么，这回也能做手术吗？"

乡野用探寻的声音问道。

"你觉得呢？"

祐介反问道。乡野的脸上浮现出阴郁的神情。整个心脏都被癌细胞占满了，通过手术完全摘除几乎不可能。

"……应该不太可能。那用化疗或者是放疗呢？"

这回轮到诹访野了，他代替嘴唇紧紧闭合的祐介说道：

"这两种方法都不太可行。射线和抗癌药对横纹肌肉肿瘤的疗效甚微。特别是抗癌药，考虑到患者现在的全身状态，风险太大了。"

"那……还能怎么治疗呢？"

诹访野神色凝重，闭口不言。祐介拍了拍他的肩膀。

"谢谢，诹访野，我从你的话里学到了很多东西。我去和绘里香的父母谈谈。"

祐介向门口走去，接下来要和绘里香的父母进行一场令人绝望的谈话。想到这儿，他全身的血液都凝固了，身心沉重。

"……等等。"

一直不发一语的宇佐美开口叫住了祐介，她的眼睛里布满血丝，定定地望着祐介。

"怎么了？"

祐介一下子警惕起来，询问道。

"不可以移植吗？"

"移植？"

"是的。如果因为心脏整个布满癌细胞而不能手术的话，把整个心脏摘除，换上一个新的不就可以了吗？"

"这……"

"我之前查文献的时候看到过相关病例，针对心脏上的恶性肿瘤进行整个心脏移植。通过移植把生病的心脏换掉，绘里香一定可以痊愈。"

正当祐介不知道怎么回复她的时候，诹访野开口了：

"确实有这样的治疗方法。不过，像这种恶性肿瘤，术后使用的免疫抑制药很可能再次激发患者体内的癌细胞。所以，癌细胞转移的患者应从等待移植的名单中删除。"

"绘里香除了心脏，并未在其他器官发现癌细胞转移的情况。"

宇佐美迅速地反击道。

"但是，她的癌细胞几个月就发展到现在这种程度了，而且从遍布整个心脏的情况来看，她体内细胞的抵抗能力是很弱的，换句话说，癌细胞转移的可能性很高。只是因为没有检查到，不代表癌细胞没有可能转移。"

"这只是一种可能而已！"

"只要有这种可能，可供移植的心脏就不太可能分配给她。心脏移植一般只有脑死亡的患者才能提供，这种患者在日本很少，你明白吗？"

"但是，除此之外就没有能救绘里香的方法了吗？如果日本不行的话，应该也能去海外移植！"

"话虽如此，但这样一来就需要上亿的治疗费用了！"

诹访野被宇佐美的气势所震撼，微微向后退了两步。

"不是钱的问题……"

宇佐美还想反驳些什么，祐介将手放在她的肩膀上。

"知道了，冷静点。"

"这话是什么意思？！"

宇佐美咬牙切齿地反击道。

"我们在这里说什么都没意义不是吗？首先要和绘里香的父母谈谈，把这个选择权交给他们。如果他们希望登录移植网络等待配型，我们马上帮他们办手续。这样可以吗？"

"……好的。"

"好了，你们先去忙吧。我去和绘里香的父母谈谈。"

乡野和牧点点头表示认可，不出意料，宇佐美不同意。

"请让我也去。"

"不行。"

"为什么？我也是绘里香的主治医生！"

"因为这种情况下你去太危险了。"

宇佐美猛地停下想要抓住祐介白大褂的手，一脸惊讶。

"跟患者本人或是其家人沟通病情的时候，冷静是必须的，特别是这回的情况还这么严峻。但是，现在的你情绪太激动，连自己在说什么都不知道了。医生如果过于情绪化，是没办法和病人好好沟通的。"

祐介不慌不忙地说道。面对事实，宇佐美无可辩驳，她低下头，片刻后，她向祐介投来恳求的目光。

"求求您……请让我一起去吧。"

此时的宇佐美好像一只被主人抛弃的小狗一般摇尾乞怜。望着她可怜巴巴的眼神，祐介一瞬间竟有些迷茫。现在带她去面对家属是铤而走险，然而，若将她从此事中排除在外，极大概率会给她的心灵留下难以磨灭的伤痕。

思考了数十秒，祐介终于下定决心。

"知道了，你可以去。但我有个条件。"

"什么条件？"

"在家属面前，无论我说什么你都不能插嘴。"

"什么……"闻言，宇佐美不禁瞪大了眼睛。

"做不到的话就别去了。可以吧？"

祐介斩钉截铁地说道。宇佐美有些不甘心，紧紧地攥住双拳。

"……我答应您。请带我去。"

ICU 旁的病情说明室里，气氛十分凝重。祐介沉默地望着桌子对面的青木夫妇。癌症复发了，目前到了晚期，只有心脏移植才能从根本上解决问题，但等到适合的心脏也很困难。数分钟前，听完祐介的说明，二人仿佛丢了魂一般，满面茫然，一言不发。

祐介边等待着二人的回复，边用余光偷偷地观察着宇佐美的反应，面无表情的她果真如约定好的那般，和青木夫妇二人打完招呼后就再没说过什么。

"……大概要花多少钱呢？那孩子还剩下多少时间？"

沉默良久后，聪子仍旧低垂着头，从牙缝里挤出两句话。

"说不好。只是，癌细胞恶化速度很快，绘里香的心脏已经不堪重负。最差的情况……可能只剩下几天了。"

细小的悲鸣从聪子口中传出，那声音紧紧扼住祐介的胸口，让他几乎喘不过气来。但是，他不得不告诉他们一个更加严酷的现实。

"还有，她昨天开始出现了心律不齐，病情出现急变的可能性很大。那样的话，她很可能当场救不回来。"

二人又陷入了沉默。自己最珍爱的东西很快就要消逝，这样残酷的现实大概任谁都无法一时间接受吧。

"如果……我是说如果，心脏移植成功了，绘里香能够得救吗？"

光也动作僵硬，抬头说道。

"不一定，就算移植成功，为抑制身体的排斥反应也需要服用相应药物。若体内还有残余的癌细胞，免疫系统被抑制后癌症很可能再一次快速恶化。"

"但也不是完全没有希望吧？！"

光也猛地向前探出身子，似乎想要抓住那一丝微弱的希望。坐在一旁的宇佐美的脸上也明朗了些许。

"是的，确实不是完全没希望。所以，如果您二位同意，我们可以尽快办理相关手续，让绘里香能够早点进入排队等候移植者的名单中去。"

"那之后呢？"

"之后就只能等待适合绘里香的心脏出现了。只是，日本可供配型的心脏源很少，不知道什么时候才能等到。在此期间，若是心脏机能恶化，一般来说我们会通过手术植入辅助器械，俗称'人工心脏'。"

"那个手术危险吗？植入人工心脏后，活的时间能长一些吗？"

混乱和兴奋让光也的话都有些听不清楚。

"手术需要开胸，风险很高。人工心脏也不完美，有可能引起血栓造成脑梗死。其次，由于体内侵入异物，有可能会引起术后感染。绘里香这种情况，也许在等待的期间癌细胞又转移了，到了那一步……会被移除出等待名单。"

祐介毫无保留地将事实和盘托出。光也脸上刚刚闪烁着的希望之光又变弱了。

"从名单中被移除后该怎么办？"

"之后患者需要终生借助人工心脏，在这种状态下施行缓解癌症痛苦的缓和疗法。"

"这不就成了戴着机械等死吗？！"

光也的声音几乎变调。

"非常遗憾，就是这样。所以我们一般不推荐这种做法。"

"还有别的选择吗？"

"还有一种方法，就是保守治疗，这样可以和家人一起度过剩下的时间。"

"但是……但是，这样一来绘里香就没救了……"

光也几乎是呻吟着说出这句话。

"非常遗憾，就是这样。是选择治愈可能性很低的治疗方法还是从一开始就决定保守治疗，这很难抉择。请您二位好好商量后再决定。"

二人听完祐介的详细说明后都有些不知所措，不禁面面相觑。

半晌，光也揽过聪子颤动着的肩膀，聪子的额头抵在丈夫的胸膛上，低低的呜咽声从她的口中传出来。

"平良医生，抱歉，我们现在实在是不知道该怎么办……能不能给我们一点时间……"

光也轻抚着妻子的后背，断断续续地说道。

"当然可以。我知道这很痛苦，请好好考虑再做决定。跟护士说一声马上就能找到我，什么时候叫我都可以。"

祐介站起身来，颔首致意，宇佐美也紧随其后。二人一离开房间，光也和聪子便抱在一起，屋内传来了二人的哭泣声。

门在身后关闭，宇佐美立马向祐介投来了责怪的眼神，大概是对他没有劝青木夫妇积极治疗而感到不满。祐介装作没有看到她的眼神，向 ICU 走去。

“现在去哪里？”

“我去看看绘里香，你不去吗？”

祐介在 ICU 门前边戴口罩、穿防护服边说，宇佐美惊讶地眨了眨眼睛，也许是没想到祐介还让她接触绘里香。

“去，现在就去！”

宇佐美小跑着跟上来，一把抓住防护服和口罩胡乱穿戴好。

二人走进 ICU。绘里香躺在病床上紧闭着双眼，脸上戴着氧气面罩。

宇佐美靠近病床，清澈的眼睛里充满了深深的哀伤之色，她望着绘里香，轻抚她毫无血色的面颊。

“一定会有办法的……我一定会救你的。”

面对着微微发出鼾声的绘里香，宇佐美低语道。祐介站在数十米之外，默默地望着二人，为她们留出了一点空间。

“好了，该走了。”

就在走出 ICU 的那一刻，宇佐美回过头来，一抹精致而不真实的笑容浮现在她的侧脸上。

7

"我们走吧。"

"……好的。"

宇佐美脸上的神情半是紧张半是复杂，她点了点头。祐介转动门把手，发出的"咔嗒"声音在安静的走廊里被放大了数倍。

祐介在向绘里香的双亲说明病情后的当天下午五点，正在查房的祐介的PHS上突然收到了来自护士的消息，说是绘里香的双亲有话要说。

祐介走进之前的病情说明室，只见坐在折叠椅上的青木夫妇双双低垂着眼睛。二人面带憔悴之色，几乎会被不知情者误以为他们才是病人。

"打扰了。"

祐介和宇佐美一起坐在了青木夫妇对面。

"和绘里香见面了吗？"

祐介见二人都不说话，便主动提起了话头。

"……嗯。上午有些迷迷糊糊的，下午意识清醒些了。"

聪子有气无力地露出一个微笑。

"这样啊，她本人说什么了吗？"

"她说想早点回到之前的病房，说自己只是因为贫血才晕倒了，没什么大不了。"

今天早上在和家属见面前，祐介先去看了绘里香，并未把癌症复发的事情告诉她，心跳停止也说成是"因脑部缺血而晕倒"。

"看来意识恢复了不少呢。"

光也和聪子无力地点了点头。沉默再度降临在屋子里，祐介用唾沫濡湿了干燥的口腔，终于进入正题。

"那么，您二位决定了吗？"

二人再度轻轻地、有些犹豫地点了点头。

"可以告诉我吗？绘里香之后的治疗方案，准备怎么办呢？"

光也欲言又止，向前探了探身，他微微张口，却什么都没能说出来。

"不必着急。先冷静冷静，慢慢说就好。"

"……谢谢您。"

光也一只手按住胸口，深呼吸两三次后迎上祐介的目光。

"移植就……不用了。"

光也缓缓地、艰难地说完了这句话。一旁的宇佐美倒吸了一口气。

"就是说，不申请移植、采用保守治疗方法对吧？"

祐介确认着，光也极其不自然地点了点头，动作如同生锈的机器般僵硬。

"请……请尽量减轻绘里香的痛苦。"

光也紧紧咬住牙关，从嗓子眼儿里挤出这句话。

"不进行移植，意味着心脏机能恶化后，采用不接受植入人工心脏维持生命的方案，没问题吧？"

祐介用尽量不带感情的声音确认着。

"是的，我们不想延长她的痛苦，不想让她再经历痛苦。"

"明白了。"

祐介重重地颔首，这时，聪子突然猛地抬起头来。

"还有！还有，如果下次孩子的心跳再次停止，请不要再施行电击！"

"这……"

宇佐美嗫嚅着想说些什么，被祐介一个冷厉的眼神制止住了。这回和上次一样，二人约好，无论发生什么宇佐美都不能多嘴。她深深地皱紧眉头。

"就算绘里香心脏停止跳动，也不施行心肺复苏，而是顺其自然，对吗？"

"是的……我们不想让那孩子再痛苦和难过了。就……顺其自然吧……"

聪子哽咽着，没能再说下去。

"了解了，那么就照您说的……"

"那样不对！"

祐介的话说到一半便被从椅子上站起来的宇佐美打断了。

"宇佐美医生，坐下！"

祐介低声喝道，宇佐美却像充耳不闻般一动不动。

"因为、因为绘里香明明还有希望！但是……但是为什么……"

"宇佐美医生！"

祐介严厉的声音刺伤了宇佐美，她的身体剧烈颤抖着。

"出去！"

"但是，我……"

"出去！"

祐介重复了一遍。宇佐美的嘴唇紧紧抿成一条线，逃也似的飞奔出房间。

"她是个实习医生，真是失礼了。"

祐介低头致歉。二人低低地回答道："没有……"

"我们继续，一会儿我会准备病情说明书请二位再次确认刚才的对话内容，请您二位在上面签字。不过，这并不算是最终的治疗方案，若家属改变主意，随时可以变更，及时通知我们即可。"

"好的，我们知道了。"光也点点头。

"在现在的方案下，我们会力所能及地做些事情。若有需要请随时联系我。"

祐介正打算结束此次谈话，聪子却犹豫着开口了：

"那个……"

"在，怎么了？"

"我们的决定……是不是就像宇佐美医生说的那样，是个错误？是不是应该赌一把，试试心脏移植？"

"说什么呢？我们不是说好了吗？"

光也将手放在妻子的背上想要安慰她，却被聪子一把打掉了。

"即使如此，我们也不知道这个决定到底对不对！我们是不想让孩子再受苦，但绘里香本人可能希望赌一把试试呢？可能不想看她再受苦这种想法，只是我们的一厢情愿而已！"

聪子垂下头来。光也有些不知所措，他的眼神中充满了迷茫。

"……青木夫人。"

听到祐介的声音，聪子缓缓抬起脸。

"非常遗憾，我也不知道到底哪个选择才是正确的。也许本来就没有什么正确答案。但您二位拼命地回答了这个问题，我认为这是十分痛苦的。"

祐介和聪子的目光相遇了。

"您二人拼命地思考过绘里香的未来，就算烦恼、难过也做出了决定，我认为这个决定应该得到尊重。你们是最了解绘里香的人，我认为，你们的答案就是最接近正确答案的。"

祐介的一番话，聪子认真地听完了。

"我也有一个上幼儿园的女儿。不知道接下来的话会不会对你们是个安慰，如果我是你们……我大概也会做出相同的选择。"

聪子的神情有那么一丝丝，也只有一丝丝地缓和了下来。

"……谢谢您，平良医生……谢谢。"

聪子双手掩面，泣不成声。

"请你们去陪陪绘里香吧。我处理完这边的事情后马上就过去。"

祐介鼓励着青木夫妇，陪他们一起走出了房间。二人相互搀扶着走向 ICU。

那么，该去处理一下"事情"了吗？

目送着二人离开后，祐介转过身来。走廊的尽头，宇佐美伫立在那里。

"宇佐美，进来。"

见祐介向她招手，宇佐美不情不愿地走进屋子，门刚一关上，宇佐美便打开了话匣子。

"那样是不对的！为什么要放弃？就算可能性很低，也要去尝试移植！现在就去说服……"

"你不要做医生了。"

宇佐美的话戛然而止。她半张着嘴，发出了一声："欸？"

"没听到吗？你不适合做一名医生。"

"什……您在说什么？这话由您说出来……"

"至少你不应该去看诊小儿患者的科室。儿科自不必说，心脏外科也不用来了。"

祐介无视着震惊不已的宇佐美，继续说下去。现在的他放弃了之前的立场，已经不再想劝诱实习医生留下来了。宇佐美不该来心脏外科，他坚信自己的判断，在这样的状态下，她不应该留下。

"什么？！为什么您要这么说我？！"

"因为你接手的小儿病患会发生不幸，患儿会，家属会，你自己也会。"

祐介淡淡地说道。宇佐美的脸涨红了。

"为什么？！我明明比任何人都对患儿、对绘里香的事情上心！"

"作为医生吗？"

宇佐美的眼神里出现了一丝闪躲。

"那是当然了！"

"不，你不是。如果你是站在医生的角度，那么在绘里香出现急变的时候，你就应该马上参与救援，但你没有，你什么都没能做到。"

祐介用毫无起伏的声音说道。宇佐美就像被人打了一拳，向后跟跟跄跄地退了一步。

"你自己也应该明白吧。你并没有站在医生的角度上看待绘里香，而是站在她的家人、她的姐姐的角度上看待她……不对，那样说也不准确。你真正看到的，不是绘里香，而是你那在数年前就因病去世的妹妹。"

宇佐美再次后退，后背几乎贴到了墙壁上。

"你只是把绘里香当成了妹妹的替身。"

面对着已无反击之力的宇佐美，祐介毫不留情地继续说了下去。

无论宇佐美未来会去哪个科室，今天的话都是必须要说的。为了她今后能够成为独当一面的医生，必须彻底地击溃她一回。置之死地而后生，就是这种信念驱动着祐介，让他最终决定出手。

"但是，我认为绘里香……把绘里香放在第一位考虑……"

宇佐美有些语无伦次了。

"绘里香的父母从四年前开始就一直笼罩在可能失去最心爱的女儿的阴影下，同死亡的恐惧战斗了整整四年。现在，这种恐惧变成了现实，他们该有多绝望啊。在这种绝望中，他们烦恼着、难过着，终于不得不做出决定。你知道他们心里有多难受吧，你之前也曾经历过相同的事情。我都说到这儿了，若你仍旧认为自己才是最为绘里香着想的那个人，那你就没有做医生的资格。"

如同泄了气的气球一般，宇佐美深深地垂下头来，无力地将身体靠在墙壁上。祐介靠近她，将手放在她的肩膀上。

"到了该放过你自己的时候了吧。"

"欸？"

宇佐美将茫然的目光投向祐介。

"你对青木夫妇抱有敌意，是因为你在他们身上看到了自己的影子。你内心里无法原谅的并不是他们，而是你自己。"

宇佐美的呼吸一下子变得急促起来。

"你妹妹的事，那并不是你的错。"

祐介轻轻地说道。那一瞬间，宇佐美的泪水喷涌而出。

"那……那是谁的错？！为什么我妹妹一定要死？！"

"谁的错也不是。谁都没做错什么，但事情就是发生了，这就是现实。而医生必须接受这个荒谬的现实。"

宇佐美哽咽住，一时无语。祐介继续说下去：

"作为医生，应该对患者尽心尽力。但是，必须从一个客观的角度去对待他们，若是过于情绪化，所做出的治疗方案就有可能失之偏颇。你明白吧？"

宇佐美轻轻点头。

"就算是关系很好的患者死亡，医生也没有哭泣的权利，这个权利只属于患者的亲人。曾经有人这么教过我，而今我也是这样认为的。"

"……明白了。"宇佐美吸着鼻子。

"宇佐美，你已经痛苦了这么久，现在该到放下的时候了。这样你才能真正成为一名优秀的医生。"

宇佐美被泪水濡湿的双眼一下子睁大了。

"我……我还能继续做医生……？"

"我带了你这么久，你的努力和才能我都看在眼里，最重要的是，你有一颗对病人关怀的心。你战胜了自己的心理阴影，应该能够成为一名非常优秀的医生。当然了，你妹妹的事情也不需要刻意去忘记。只是，我希望你能真正接受在她身上发生的不幸，勇敢地继续走下去，去拯救更多的患者。你的妹妹一定也是这么希望的。"

祐介从白大褂的口袋中取出一块手帕递给宇佐美。

"好……好……"宇佐美接过手帕，将满是泪水的脸深深埋入其中。

"擦干眼泪就去见绘里香吧。护士说，那孩子想见你。可以吧？"

宇佐美抽泣着，重重地点头。

十几分钟后，祐介带着情绪平复的宇佐美走进 ICU。正在绘里香病床旁边的聪子见到二人，脸上的表情一下子僵住了。

宇佐美对着光也和聪子二人深深鞠躬后，望向病床。

"……终于来了。"

绘里香在氧气面罩下面微微地笑了一下。

"我一直在找你，怎么这么久才来？"

"抱歉，刚才一直被平良医生叫去干这干那的。"

"欸，我？"祐介故作惊讶地指了指自己。

"算了算了，那个，昨天的检查结果怎么样？"

绘里香不安地问道。聪子和光也的脸上掠过一丝紧张的神色。

"说什么呢。绘里香不是在做检查的时候晕倒了吗？所以检查没做完呀。等你好了再检查一回吧。"

宇佐美用尽量轻松的口气说道。绘里香认真地凝视了宇佐美几秒钟后，微微地噘起嘴唇。

"那就没办法了。我明明很累了，你们非要拉着我去做检查，这就不能怪我了吧。"

"抱歉抱歉。这回不强迫你了，好好休息，早日康复。"

宇佐美努力维持着脸上的笑容，终于挤出了一个回复。

"嗯，那……今晚你还留下来陪我吗？"

绘里香有些不安地抬眼问道。

"我当然在医院里，你叫我我马上就能过来。但是，今晚你爸爸妈妈说要陪着你。"

听了宇佐美的话，绘里香的眼睛一下子瞪大了，她惊讶地望着父母。聪子和光也的神情有些不自然，二人点了点头。绘里香的神情一下子变得明亮起来。

"那么，绘里香，我还有工作要去忙，你这边有事随时找我哟。我马上就过来。"

"嗯，待会儿见。"

绘里香挥了挥手，脸上浮现出少见的这个年龄应该有的天真神色。宇佐美不慌不忙地转过身背对着她，向 ICU 门口走去。

"干得好。"

祐介紧随其后，小声对她说道。

"……嗯。"

宇佐美努力克制住鸣咽回答道。

"宇佐美医生——"

正当二人要出门离开的时候，背后传来绘里香的声音，宇佐美和祐介回过头来。只见绘里香努力支起上半身，对他们绽放出一个微笑，那笑容里带着些许的悲伤，还有洞彻后的通透。

祐介直觉到，也许，绘里香已经多少感知到自己所剩时间不多了。

"宇佐美医生……谢谢你呀。"

绘里香的声音从氧气面罩下面传来。

"……嗯。"

宇佐美的脸上浮现出似哭似笑的神情，接着使劲地朝绘里香挥了挥手。

8

　　两天后的上午七点钟，祐介躺在医局的沙发上睡眼惺忪。前天和昨天都是在这里过的夜，他全身上下每个关节都在疼。

　　绘里香的状态从前天开始一点点恶化。心脏机能进一步回落，无法将充足的氧气输送到全身。更糟的是，心脏机能不全引起了并发症肺水肿。为了缓解呼吸不畅的痛苦，祐介和儿科医生会诊后决定从昨天傍晚开始给予少量的吗啡。

　　绘里香在吗啡的副作用下有些不清醒，但好在他们一家人能在一起，宇佐美也是一有时间就去 ICU 看她。不过，因为有吗啡，她本人并未感到身体上有多么痛苦。

　　但是，这个状态又能维持多久呢？绘里香的心脏已经接近大限，随时都有可能停止跳动。

　　医局的门开了，牧和乡野一齐走进来。

　　"啊，你们俩都很早嘛。"

　　祐介打了声招呼，只见二人争先恐后地朝这边快步走来。

　　"怎么了？一大早就这么着急。"

"找到了！"乡野上气不接下气地大声说着。

"找到什么了？"

祐介一头雾水。只见牧鬼鬼祟祟地环视一圈，确认没人后压低声音说：

"匿名信嫌疑人，有线索了。"

祐介一下子从沙发上跳起来，瞬间睡意全无。

"真的吗？"

"嗯，真的。看看这个。"

牧从白大褂里取出一张对折的纸展开。这是匿名信的复印件。

"你从哪里找到这种东西的？"

"我说过吧，'别小看我们实习生的信息网'。拿到这点东西简直轻而易举。先不说这个，看看。"

乡野指着复印件最上面的部分。在被裁下来的"心脏"二字下面，有一个小小的类似于线头的东西。

"只是个线头而已，可能是复印的时候不巧粘上去的吧？"

祐介有些泄气。牧则连连摇头。

"不不，我调查过，这个就是原始版本的匿名信。"

"原始版本？"

"是的。嫌疑人应该是从报纸或者杂志上找到相关文字剪下来后贴在这上面做成了匿名信。而信纸上本来就粘着这个东西。"

面对打开了话匣子的牧，祐介皱眉道：

"或许如此，但从这么小的污渍上也看不出是用什么纸张做了这封信吧。"

"并不是。我总觉得在哪里见过这个污渍。"

"这家伙有些神经质，总是能看到非常关键的东西。"

乡野打趣道。牧噘起嘴唇不悦地说："要你管？"

"莫非你已经知道嫌疑人是从哪里剪下来的文字了？"

"嗯，是的。"

牧又从口袋里取出一张纸，祐介郑重地接了过来。

"心脏外科每周计划表"，这是每周在医局联络会上分发给每位医生的周计划表。在"心脏"两个字下面，确实有和匿名信上一模一样的线头的痕迹。

"这是我们医局会上的文件……"

祐介低声说道，他注意到计划表最上面的日期，不禁发出了"啊"的一声。

"这个日期好像就是……"

"是的。这张计划表就是匿名信出现的当天早上发下去的。嫌疑人就是用这张表做了匿名信的底版。换句话说，嫌疑人很可能就是当天早上的某个参会人员。"

医局联络会每周召开一次，基本上纯正医大本部的所有心脏外科医生都会参加。这么说来，嫌疑人就是某个在本部工作的医局员？祐介努力用因睡眠不足而昏昏沉沉的大脑思考着。

"即使如此，也不能断定嫌疑人就是我们这里的医局员吧。嫌疑人也可能是想要嫁祸给医局员，故意拿到计划表做的匿名信。"

"那样的话，就不单单是一个小线头了，而应该是更加明显的特征才对。一定是这张计划表刚好就在嫌疑人手边，他随手拿来就用了。"

"这样说来，匿名信的嫌疑人当真是医局员了……"

祐介大为震惊，单手掩口说不下去了。牧露出了得意的神情。

"是的。那天，嫌疑人在拿到这张表之后，就躲在医院里的某个地方剪剪贴贴制作了匿名信。做好后用扫描仪扫描下来存成 PDF 格式，通过网络发给各个科室。”

“但是，制作匿名信这件事，在医院里不是那么简单就能实现的吧，太显眼了。不知道什么时候就会被人发现。”

“我也想到了这点。所以嫌疑人一定在医院里有个私人空间，能够在不被察觉的情况下做出匿名信并发送出去。”

“私人空间……”

祐介茫然地抬头望向医局里面。那里并排排列着三扇门，其中两扇上挂着“副教授”的牌子，另一扇上则挂着“医局长”的牌子。

“那天早上的会议，敷岛教授因学术会议去了国外而缺席，午后才回到日本。”

祐介努力搜寻着脑海中的记忆。

“那就是肥后医生和柳组长……柳泽副教授？”

“我认为嫌疑人很可能就在他们俩中间，但是，我还不知道到底是哪一个。”

牧小声说道。祐介使劲地吞了口唾沫。确实，这两个人是诹访野口中的“嫌疑人”。

“怎样才能确定嫌疑人到底是谁呢？”

祐介努力控制着震惊的情绪。这时，乡野凑近他耳边说：

“平良医生，现在还不到七点，距离其他医生上班还有半个小时左右。柳泽医生和肥后医生，他们一般不锁门。那两个房间里面很可能有关键性证据。比如匿名信的原件……”

“你要偷偷溜进去？！”

祐介吓了一跳。牧和乡野连忙在嘴唇前方竖起一根手指示意他小声一点。祐介一下子用双手按住张大的嘴巴。

"我们俩就是因为这个才这么早过来的。没事的，一个人在医局门口放风，谁来了就给暗号通知里面的人。"

"但是……"

"平良老师也想找出嫌疑人吧？那只有这一条路可走。"

祐介的大脑开始构想潜伏成功的画面，若能顺利拿到证据，自己去富士第一综合医院的梦想就能成真了。正如乡野所说，有人放哨，风险就没那么大。

如此一来……

"好嘞，动手吧。"

祐介终于下定决心，牧和乡野小声回了一句"好"。

祐介和乡野来到挂着医局长的门牌的门口，牧则守在医局的入口。

"从肥后医生的办公室开始，可以吧？"

乡野压低声音问道。

"嗯，就从这家伙开始。"

其实，祐介从心底希望嫌疑人是肥后，而不是他一直尊敬的柳泽。

乡野回头，从门缝里给了正在走廊里监视的牧一个信号。牧用两只手比了一个大大的圆形，看来目前没人过来。

"如果来人的话，牧会大声和那人打招呼，听到后我们就跑，可以吧？"

"知道了……开始干吧。"

正当二人打开门的一瞬间，裤子口袋里传来一阵电子提示音。祐介慌忙把手从门把上收回来。

"平良老师，PHS 要放在桌子上哟。"

"对……对不起。"

祐介边道歉边取出 PHS，只看了眼液晶画面便立刻屏住了呼吸。

"……行动中止。"

"欸，都到这步了怎么突然停下来呀？是谁打来的电话啊？"

"ICU 那边打来的。"

乡野的脸上闪现出一丝犹豫。

"大概是青木绘里香的状态恶化了。现在马上过去。"

轻浅而快速的呼吸节奏震动着祐介的鼓膜。他结束听诊望向紧挨着病床的监护仪器，血氧浓度总算保持住了，但血压却很低。站在一旁的宇佐美神情凝重，一动不动地盯着监视仪。

"绘里香，听得见吗？"

祐介对着躺在床上的绘里香招呼着。但是，绘里香紧紧闭着双眼，毫无反应。

大概三十分钟前，绘里香和父母说着说着，意识便渐渐变得不清晰了，最终陷入了昏迷状态。之后，无论怎么叫，她都不再回复了。一直待在 ICU 里的宇佐美赶紧向祐介汇报了这一情况。

"医生，绘里香她……"

站在后面等待的聪子不安而急切地发问道。

"她现在怕是进入了二氧化碳麻醉状态。体内的二氧化碳过度集聚，导致绘里香产生了一种类似于麻醉的反应。"

"那……能治好吗？"

光也的语气十分生硬。

"使用人工气道的话意识能够恢复。只是，需要经口将呼吸管连接到气管上，可能今后也无法脱管了。"

"怎么会……"

聪子的面容因绝望而扭曲。

"医生，照这个趋势下去，这孩子……这孩子还能挺多久？"

光也的双拳紧握，几乎微微颤抖。

"说不准。只是，从目前血压持续下降的情况看来，心脏已经接近极限了。至少从我的经验来看，很可能只剩下两三个小时了。"

祐介说出了自己的预测，聪子再也控制不住自己，哭泣声连连传来。光也努力克制着，几乎要将下嘴唇咬出血来。

祐介用余光观察着宇佐美的反应。她紧紧抿住嘴唇，努力挺直腰板。

"……最后一个问题，医生，绘里香现在……她现在会感到痛苦吗？"

光也努力从嗓子眼儿里挤出这句话。祐介缓缓摇头。

"不，应该不会。她现在没有任何痛苦，就像睡着了一样。"

祐介温和地回答道。光也紧绷着的身体微微松弛了些，他揽过低声哭泣的妻子抱住她，长长地出了一口气。

"这样的话，就不用再做其他措施了，就随她去吧。聪子，这样可以吧？"

聪子双手掩面，轻轻点头。

"知道了，就按照您刚才所说的处理。只是，请尽可能地多和绘里香说话，虽然她无法回应，但可以听到你们说的话。听到父母亲的声音，她也会安心的。"

"知道了。"

光也捂住眼睛点点头，走向病床。

"走吧。"

祐介向宇佐美打了声招呼便向护士站走去。宇佐美深深地望了病床上的绘里香一眼，便紧随祐介而去。

"辛苦了。"

牧和乡野见二人过来齐声说道，他们俩正站在护士站里百无聊赖地等待着。

"啊，久等了，抱歉。上午有台手术，差不多该进手术室了。你们去跟着学习一下吧。"

"那个，您和宇佐美……"乡野说道。

"我们一会儿还要看看绘里香。"

"知道了，我们先告辞了。"

祐介目送着二人的背影彻底消失后，转头望向绘里香的病床。聪子和光也两个人边不停地和绘里香说话，边温柔地抚摸女儿的头和脸颊。二人虽眼含泪光、满面悲伤，脸上却浮现出充满温暖与爱意的微笑。

"没事吧？"

祐介对宇佐美说道，她自从和匆匆赶来的祐介说明情况后就再不发一语。

"没事。"宇佐美干脆地回答。

"估计撑不到中午了……我们去送她最后一程吧。"

"是！"

宇佐美坚定的声音回荡在寂静的走廊里。

两个小时后，绘里香的心跳开始下降。二人再度靠近病床，在拼命说话的青木夫妇后面等待着。

又过了十分钟，心电图变成了一条直线，监视仪中传来了单调的"哔"声。这一刻，光也和聪子紧紧靠着他们唯一的女儿，终于放声哭泣。

祐介拔下监控仪的插头，望着绘里香的脸。她的脸色虽然十分苍白，却丝毫没有痛苦的神情，就像只是睡着了一样。

数分钟后，绘里香父母的恸哭渐渐平息下来，祐介转身面向宇佐美。

"宇佐美医生，请确认一下。"

宇佐美惊讶地瞪大眼睛，呆立在原地。

"你来确认死亡时间，做得到吧？"

祐介再次催促道。宇佐美定了定神，一脸决绝地走向病床。光也抬起满是泪水的脸。

"……我可以来确认了吗？"

宇佐美的声音都嘶哑了。光也擦了擦泪水，搀扶着妻子走到旁边，为宇佐美让出了一点空间。

"绘里香，对不起了。"

她轻柔地拨开绘里香的眼帘，用手电筒确认着瞳孔反射情况，之后又拿起听诊器认真地贴在她的胸膛上。

"谢谢，绘里香。辛苦了……真的辛苦你了。"

宇佐美轻轻抚摸着绘里香的头，转身面向光也和聪子。

"瞳孔反射消失，呼吸、心跳停止。九点三十六分……逝世了。"

宇佐美深深低头致哀，祐介和旁边的护士们也一齐鞠躬。

"一直以来承蒙您的照顾……"

光也努力说着，聪子哀哀地垂下头。

"请节哀。接下来我们将为绘里香擦拭身体，请您二位……"

护士一开始按照流程进行说明，祐介和宇佐美便离开了病房。

"干得好。"

祐介试着安慰道。宇佐美仍紧紧抿住嘴唇，微微扬了扬嘴角。这时，背后传来一声"宇佐美医生"，回头一看，是聪子和光也彼此搀扶着站在那里。

"这段时间，真是给您添麻烦了。"

二人齐声说道。宇佐美露出惊讶的神情，眼睛不知道看哪里好。

"怎么会……我什么都没能做到……"

"没有，宇佐美医生真的在设身处地地为那孩子考虑……绘里香也很感谢您……她非常喜欢您……"

说着说着，聪子哽咽了。

"能有您这样的医生陪她走完最后一程，绘里香真的很幸运。那孩子的一生很短暂，但是她享受了大家的爱……真的非常感谢。"

光也接着妻子的话道谢之后，夫妇二人便离开了。宇佐美目送着他们的背影，嘴唇止不住地颤抖起来。

"……走吧。"

祐介拉起宇佐美的手。

"欸，平良医生，我们去哪儿？"

他带着满脸疑问的宇佐美走出ICU，将她带进隔壁的病情说明室。

"那个，我又做错什么了吗？"

宇佐美惴惴不安地问，祐介摇摇头。

"首先，我想收回之前说过的话。"

"之前的话？"

"嗯，你这两天的表现很棒。现在的你无论去哪个科室，应该都能做一位优秀的医生。"

宇佐美张大嘴巴，一时间竟不知该说什么好。

"在绘里香家人的面前，你很好地控制住了情绪。"

"那是因为……因为她的父母才是最难过的人。"

宇佐美嗓音沙哑，艰难地说出这句话。

"啊,正是如此。但是,你应该也很伤心吧,因为一位好朋友去世。但是你一直在忍耐。"

"嗯……"

"我曾告诉过你,医生不可以在家属面前哭泣。不过,这里没有家属。"

"欸,什么意思?"

"离和绘里香告别还有些时间,这几天你一直住在医院,应该也累了,就在这里好好休息一下吧。顺便说一句,这个房间隔音很好。"

宇佐美顿时明白了祐介的意思,她用双手掩住嘴巴。

"真是辛苦你了。"

宇佐美的肩膀开始微微颤动,祐介转身离开,关上门将整个背部靠在上面。

微弱而深切的恸哭声不知从何方传了过来。

第四章

缝合命运

1

这算什么啊……

祐介走在医院的走廊里，一头雾水地环视着四周。前方大概两米处是赤石，紧随其后的是针谷和副教授敷岛。在祐介周围，实习生们都闷闷不乐地缩着脖子。

青木绘里香去世两天后的上午，祐介带着实习生们参加了教授查房。但是，这回和以往明显不同。

先是柳泽带队的小儿心脏外科组在查完儿科病房后纷纷撤离，虽然他们组的医生一贯如此，但连本应全权负责查房事务的医局长肥后也离开了。甚至成人组底下的专科医生和助理医生在介绍完自己负责的病人的情况后也都纷纷不见踪影了。

这大概是肥后干的好事吧。

祐介感到阵阵头痛，负责医局人事工作的肥后千方百计地把讲师以上的医生从赤石身边一点点剥离开来。

结果，平时近二十人参加的教授查房到最后只剩下六个人，且其中三人还是实习医生。祐介、针谷，还有赤石教授的左膀右臂之

一的敷岛副教授，除他们三人以外，其他医局员都在查房途中悄悄
溜走了。

在自己科室的实习医生将要结束实习期的时候让他们目睹了这
四分五裂的一幕，祐介想到这里，头痛愈加剧烈了。

"这位是近藤政夫先生，六十七岁，男性，三个月前主诉胸
痛……"

最后一位患者是针谷负责的。

"我来检查一下。"

赤石走近病床开始为患者进行听诊。患者的眼睛下面有浓浓的
阴影，皮肤也缺乏弹性，看上去要比实际年龄老些。

"可以了，谢谢。"

赤石结束检查，和患者打了个招呼走出了病房。

"……今天人很少啊。"

赤石停下脚步，声音里是满满的疲惫。

"那个，没事吧，舅舅？"

针谷有些担心地询问道。

赤石原本毫无生气的眼睛顿时变得凌厉。

"在医院要叫教授！"

"对不起！"

针谷慌忙道歉，神色也变得严肃起来。此前从未见针谷犯过这
样的错误，可能是出于对赤石的担心，也可能是针谷最近透支太多。

"那么，今天就先到这里吧。"

敷岛犹豫着宣布。赤石大大方方地点点头向电梯走去，敷岛见
状慌忙跟上。几乎在两个人的身影消失在电梯中的同时，针谷长长
地叹了口气。

"喂，没事吧？"

祐介看着他可怜巴巴的样子禁不住有些同情地发问道。针谷脸上浮现出一抹无力的笑容。

"真是认输了。不仅是肥后医生，越来越多的医生都对我抱有敌意……"

确实，讲师以上的医生故意与赤石保持距离，身为赤石外甥的针谷的处境自然也好不到哪儿去。

"抱歉，一不小心跟您抱怨了不少。那么前辈，我先走了。"

针谷迈着沉重的步伐心事重重地离开了，望着他远去的背影，一种复杂的情绪在祐介的心中升腾起来。

教授查房结束后大概三十分钟，祐介正和实习医生们在电子屏幕前输入病历时，PHS 响起了。祐介不经意地看了一眼液晶画面，上面显示的"赤石教授"令他瞪大了眼睛。他连忙按下通话键，单手掩住口鼻小声说道：

"是我。"

"我是赤石。有些话想跟你说，现在能过来一趟吗？"

"……我马上到。"

"拜托了。"

祐介结束通话后站起身来，一旁坐着的乡野有些惊讶地抬头望着他。

"平良医生，出什么事了吗？"

"我去去就回，你们忙自己的就好。"

祐介留下这句话转身走出护士站。

祐介离开新馆，来到了位于医局楼八层的赤石办公室门前，他深呼吸几次后才敲门。里面传来了一声"进来"。

"打扰了。"

祐介进入办公室向赤石的办公桌走去。

"特意让你跑一趟，抱歉。"

赤石放下手中的书。

"您客气了。"

"实习医生怎么样？"

"三个人都很努力。"

"这样啊……"

赤石微微点头，揉了揉酸胀的眼睛。

"赤石教授，您找我有事？"

其实，祐介心里大概明白他此番为何而来，但是，他不能直接说出来。

赤石缓缓地拢了拢有些凌乱的白发，抬起眼睛望着祐介。

"匿名信的事情，查得怎么样了？"

事情果然如祐介所料。但是，应该如何回复，祐介还没有想好。虽然肥后或柳泽是嫌疑人的可能性很高，但祐介手里还没有确切的证据，他犹豫着，不知道该不该告诉赤石嫌疑人的有关信息。

"除我之外，您也委托其他人替您查找真相了吧？"

为了给自己多留些思考的时间，祐介问出了这句话，一丝苦笑浮现在赤石的脸上。

"啊，正是这样。不过遗憾的是，除你之外其他人都离我而去了，已经不能再相信了。杂志上披露的信息比较详细，大家应该都觉得我不是清白的吧。相比之下，你倒是没有和我刻意保持距离，似乎不太会察言观色呢。"

赤石半开玩笑地说道。

"我一直都很尊敬您。就是为了能和您学习，才特意进入心脏外科实习的。"

趁着这个机会，祐介将深埋在心中的想法和盘托出。赤石眯起眼睛，不知怎的，神情竟有些落寞。

"这样说来，你是觉得我没有做那些事了？"

"……不知道。我只是愿意相信，您是清白的。"

祐介舔了舔干燥的嘴唇。

"至少我认为，用这种手段来陷害您，是非常卑鄙的。"

"这样啊……那么，你知道这事是谁做的吗？"

面对着镇定发问的赤石，祐介再一次迷茫了。虽然他心里并不愿意在证据不足的情况下就说出嫌疑人的名字，但若是能提供一点线索，也许能够给予艰难独行的赤石一点希望。

在赤石的凝视下，祐介经过深思熟虑后终于下定决心。

"现在还不知道。"

"这样啊……"

赤石闭上眼睛，慢慢地摇了摇头。他周身被悲伤与愁苦的情绪笼罩，祐介不知所措地望着他，竟不知该说些什么。

"时间过得真快啊……"

赤石低声说着，如同叹息。

"三十多年了，我牺牲了很多东西，拼命努力才有了今天的成绩。我一直坚信，这些东西就如同钢筋水泥般坚固，但我今天才发现，一切不过是镜花水月，不堪一击。"

"教授……"

"只是，就算失去地位和名誉，我也有绝对不会被夺走的东西。"

祐介睁开眼睛，眼神茫然地望着天花板。

"平良，你觉得我们心脏外科医生的工作是怎样的呢？"

"什么意思？"

祐介不明其意，反问道。

"冠状动脉是负责向心脏输送血液的血管，换句话说，是为生命供养的血管。我们并不是单纯地缝合血管，而是在修复病人的人生，甚至是在修复这个'人'。"

赤石的声音虽低，但里面却包含着一股力量。

"修复'人'……"

祐介茫然地重复着这句话，他感到自己的体内有股热热的东西升腾了起来。

"迄今为止，我修复了几千个人。这份工作绝不会被任何人夺走，你明白了吧？"

"是的，我明白了。"

赤石的话点燃了祐介心中的火苗。

"平良，你也要成为能够修复人的医生啊。"

"欸！这是……"

祐介睁大眼睛，他的心脏激动得怦怦直跳，热血冲向全身。

"好了，你去忙吧，有消息随时联系。"

赤石再次拿起书，结束了这次谈话。

"好的，我先告辞了。"

祐介起身离开。但是，他激动的心情并未平息，反而更加激动了。

成为修复人的医生，教授对他说。这话无异于激励自己向一流心脏外科医生努力。

我能去富士第一综合医院了，教授一定是这个意思。祐介难掩内心激动，紧紧地握住双拳，这时，只听身后传来一声"唔"的呻吟。他条件反射地回头，眼前的景象令他倒吸一口凉气，赤石倒在桌子上。

"教授？！"

祐介连忙跑过去，赤石彻底支撑不住从椅子上滑落下来，双手紧紧按住胸口。他苍白的脸因痛苦而扭曲，额头上渗出一层细密的汗珠。

见状，祐介瞬间明白了赤石的问题，自他从医以来，已经看诊过数不清的相同症状的病人。

心肌梗死。冠状动脉上出现阻塞，缺氧的心脏向身体发出警告。

怎么办？祐介的大脑飞速地转动，思考着应该采取的行动。

现在联系急诊部让他们派人过来？但是，这里距离急诊部有一定距离，等那边的人到了再把教授送过去，应该会花费相当长的时间。

抢救心肌梗死就是和时间赛跑，那么……

"赤石教授，我背您去急诊部！"

祐介努力抬起赤石的身子，一丝惊愕掠过教授的脸。

"这是最快的办法了，可以吧？"

赤石面带痛苦，艰难地点了点头。祐介见状，马上背起赤石。

虽然今年已近花甲，但赤石平日里的身体情况还不错，自己能背着他坚持到急诊部吗？

祐介努力平复着内心的不安，两条腿用力站起来。

只有这一个办法。自己最尊敬的人正面临生命危险。

这回轮到我来帮助这个人了。

痛苦的呼吸声从背后传来，祐介咬紧牙关踏出了第一步。

2

赤石病倒后的第五天傍晚，位于纯正医大附属医院新馆的最上层的个人病房里，身着白大褂的医生们满满地站了一屋子。

祐介站在人群的最后面，和实习医生们一起远远望着位于病房最中间的那张床，上面躺着穿着医院病号服的赤石。

一切正如祐介所料，五天前赤石被送到急诊部后，立刻被诊断为心肌梗死。循环内科立刻进行了急救，疏通了阻塞的右冠状动脉血管。由于抢救及时，疾病对心肌的损害成功控制在了最低程度，所幸没有留下什么太大的后遗症。

"赤石教授，人员都到齐了。"

站在床边的肥后镇定自若地说道。赤石望着天花板，缓缓地点了点头。

新馆最上层是纯正医大引以为傲的特别病房区域，一天的病房费用超过十万日元，规格堪比高级酒店的套房。但是，近四十位医生同时挤进来，还是感觉相当拥挤。

昨天，赤石的病情终于稳定下来，从 ICU 搬回了这间病房后，立刻召集本部的所有心脏外科医生上来开会。

"因为我的事情让大家担心了，抱歉。"

赤石向大家道歉。

"不不，教授，没有的事……"

肥后嘴里嘟囔着什么，恐怕他心里明白，自己的行为给教授造成了很大压力，成了诱发心肌梗死的原因之一。

"接下来我的工作请柳泽教授代为执行。我会很快恢复，在此之前请柳泽副教授多费心了。"

柳泽接受了赤石的指示，郑重其事地说了句"好的"。

"大家都知道，我的病情有必要接受冠状动脉搭桥手术。"

赤石缓缓环顾了一圈周围的医生，和他的眼神相交的一瞬间，祐介感到自己的内心猛烈地跳动了一下。

引起心梗的原因是赤石的右冠状动脉阻塞，这次虽然抢救及时，但另外两根冠状动脉也出现了明显狭窄。现在的赤石等同于坐在一座随时可能喷发的活火山上。

多年以来，教授同时承担着心脏外科医生的繁重工作和教授这一重大责任，承受着巨大的压力。这份压力成了高血压的诱因，一点点侵蚀着赤石日渐脆弱的右冠状动脉。

"昨天，我和循环内科的定森教授与麻醉科的神崎教授进行了会谈，最后决定在我的病情稳定下来后，于下下周的周三进行搭桥手术，三支冠状动脉全部搭桥。"

祐介聚精会神地听着，生怕漏掉半个字。

"可以的话我希望让我们科技术最好的医生来做这台手术，但遗憾的是那位医生并不是主刀医生，而且那天已经有患者预约了。"

赤石微微地扬起嘴角。一阵干巴巴的笑声在医生们中间响起。

"所以敷岛，拜托了。"

常年师从赤石并被视作其技艺继承者的敷岛坚定地回答道："是！"

赤石将视线从敷岛转移到肥后身上，脸上刚刚浮现出的微笑此刻消失得无影无踪。房间内顿时鸦雀无声，气氛紧张得让人压抑。

按照惯例，第一助手应由肥后担任。但是，肥后最近对赤石的恶意过于明显，而且，他的技术也绝对称不上优秀。

"肥后。"

"……我在。"

肥后下巴上的脂肪都在颤动。

"你平时处理医局事务就够忙的了，就不必上我的手术了。"

肥后一下子瞪大了眼睛，平日里因肥胖而肿胀的眼皮此刻都高高抬起。这话明显就是对肥后下最后通牒。

"那个，教授，我……"

肥后的声音微微颤抖。他被赤石横了一眼，顿时什么都不敢说了。

第一助手不是肥后，那么，又会是谁呢？医生们的视线都集中到了站在敷岛身边的中年男性身上，那是一名叫作上松的副教授，也是在场唯一的不在本部工作的医生。

"上松。"

"在。"

被赤石点到名字，上松上前一步。如果说敷岛是赤石的右臂，那么上松就是他的左膀。他和敷岛一样，多年师从赤石，现在正在纯正医大的调布分院担任心脏外科的部长。

"有劳你担任第二助手，协助第一助手做手术。"

房间内一片哗然，大家都以为上松是为担任第一助手才从分院特意回来的。

"知道了，我会尽力。"

上松的脸上闪过一丝错愕，但他很快面色如常，声音洪亮地回答道。

此刻，大家都开始觉察到赤石的真正用意，房间内有些轻微的骚动。赤石是想选一位年轻医生担任第一助手。

为自己的手术任命第一助手，这是赤石的最高鼓励，这无异于对外宣告入选者将是下一代心脏外科的王牌。

祐介有些焦躁，环视了一圈屋内密密麻麻的医生。在场的人中，有志于成为心脏外科的年轻医生，且同时具有搭桥手术第一助手经验的人只有两位。

我和针谷……

祐介站在稍微远一点的位置望着针谷。最近的他本就处境尴尬，加上赤石又病倒了，这些天针谷几乎就在崩溃的边缘徘徊。此时的他，神情看起来也有些迷茫。

祐介将视线转移回赤石身上，他全身泛起鸡皮疙瘩，汗液从汗腺中喷薄而出，让他几乎难辨冷热，脚底生出的寒意渐渐攀附上他的身体。

是我，被赤石选中的人应该是我。这些年来，我为医局奉献出了一切。只要能成为顶级心脏外科医生，付出什么代价都无所谓。救赤石教授性命的人也是我，如果当时不是我拼了命地背着赤石去急诊部，可能教授现在已经没命了。而且……

"你也要成为能够修复人的医生啊。"

祐介耳边又响起了赤石曾对自己说过的话。

他的意思应该是让我做他的继承人。那个时候，我和教授之间就产生了一种信任。祐介紧张又激动地等待着赤石的宣告，几乎有些目眩。

躺在床上的赤石转过头来朝祐介的方向望去。

"平良。"

被叫到名字的瞬间，祐介感到身体中有什么东西爆裂开来，整个人轻飘飘的，仿佛浮在空中，大脑一片空白。

"在，在这儿！"

祐介大声回答。

一直以来的辛苦没有白费。八年来没日没夜的辛苦生活如走马灯一般在脑海中闪过，心酸的过往此刻如同宝石一般熠熠生辉。

"你来做血管的提取和移植。"

"……欸？"

移植血管的提取，从大腿提取连接右冠状动脉和大动脉的桥血管，是一项远离手术中心的业务。

祐介一时间没能反应过来，他在脑海中本能地抗拒着这句话。

为什么要我提取血管？明明我应该是第一助手……

赤石不再看呆立在原地的祐介，将视线转向了更远处的针谷。

"针谷，你来担任第一助手，好好配合敷岛。"

赤石凝视着外甥的眼睛。一瞬间，针谷脸上浮现出惊讶的神色，眼神转而变得坚定。

"知道了。我会好好干。"

瞬间，祐介感觉到脚下的世界仿佛崩塌了，自己正在加速下坠，坠向无穷无尽的虚空。他不明白到底发生了什么，眼前的景象一点点变得不真实起来，身体难以保持平衡，一下子撞到了旁边的乡野。

"没事吧？您脸色好差。"

耳边传来乡野担心的询问，祐介却连应付的力气都没有了。

"为什么……我一直都这么努力……"

突然，一股强烈的呕吐欲望涌上心头，有种热热的东西顺着食道从胃里涌上来，祐介慌忙从病房飞奔到走廊里。

他用双手努力按住嘴巴，飞奔入走廊里为访客设置的洗手间。靠近坐便器的瞬间，堵在嗓子眼的热流倾泻而出，祐介剧烈地呕吐着，一次又一次地将胃里的东西清空。即使如此，他也并没能止住呕吐，直到最后只吐出些黄乎乎的胃液，他仍在干呕。

苦涩的东西在口腔中蔓延，阵阵刺激性气味冲击着鼻腔。不知是出于呕吐还是其他原因，祐介的视野反而清晰起来。

终于，祐介连胃液都吐不出来了，他无力地坐在坐便器上，将全身都靠在墙壁上。

悲伤、绝望、愤怒，现在的他什么都感觉不到了，整个人像被掏空了一般，周身泛起虚弱和无力感。

他想消失，就这样将自己的存在彻底抹去。

"平良老师，您没事吧？"

外面传来了宇佐美的声音，乡野和牧似乎也跟来了。看到匆匆离去的自己，他们可能是有些担心了。但是，他现在连回答的力气都没有。

实习医生们的声音在狭小的空间内回荡，祐介抱住膝盖。

一直埋藏于心底的隐秘梦想如今如肥皂泡一般破灭了，这个事实盘旋在他的脑海中，一点点扰乱了他的心。

3

咖啡店的门开了，门铃奏起清脆的音响。一位身形瘦长的男性单手拿着手袋走进店内。

"喂，诹访野，这边。"

祐介对诹访野打了个招呼，对方见状便走了过来。

"久等了。"

诹访野在祐介对面坐下，眼睛滴溜溜地转了一圈。

"抱歉，这时候叫你特意来这儿一趟。"

"这倒没什么。想不到医院附近还有这么精致的咖啡馆。"

二人此刻所在的地方是一间位于狭窄胡同里的咖啡馆，离神谷町站走路只有五分钟左右。店面并不是很大，里面摆放着几套木质家具，在昏暗的日光灯照射下更显复古的色调。舒缓轻盈的爵士乐从上了年头的唱片机中缓缓流淌出来。

"这是我的秘密场地，很不错的店。"

祐介拿起放在桌子上的咖啡喝了一口，浓重的苦味在口中蔓延开来，柔和的香气扩散到鼻腔。

学生时代起祐介就经常来这家店了。时间的流逝在这里仿佛慢下来，喝一口咖啡，自己紧绷着的神经总能得到放松。

"这样说来我还挺不好意思，知道了你的秘密。"

诹访野挠挠头，和前来点单的服务员要了一杯混合咖啡。

"那倒没什么，反正对你这种不说话会难受得死掉的家伙来说，也感受不到这家店的好处。"

"别把我说得这么不堪嘛。不说这个了，前辈，这一个月指导实习医生可辛苦您了。"

"啊，谢谢关心。"

祐介勉强牵动脸上的肌肉做出一个微笑。今天是 10 月 31 日，实习医生们在心脏外科的最后一天，医院里的事情已经全部结束了。

"不和他们聚聚吗？"

"定了一个小时后在这附近的居酒屋聚餐。我本来打算安排后通知他们，谁知他们已经事先定好了。"

"欸，实习生连这都安排好了？看来他们对你相当感激啊。"

"我倒也没做什么，到最后也没能让他们做上手术。"

上上周赤石病倒后，成人心脏外科组的手术急剧减少。选择到纯正医大做手术的病人大部分都是冲着赤石来的，所以之前约好的手术多数都延期了。

这一周多以来，手术台数骤减，加上新住院的病人也减少了，祐介感到医院的工作从未有过的轻松。

"这不是问题的关键。我的意思是，前辈毫无保留的指导，他们感受到了。"

"毫无保留……大概是吧。"

祐介又喝了口咖啡，不知怎的，感觉比刚才还苦。

服务生将诹访野点的咖啡端了上来，他往咖啡中倒了很多牛奶和糖，用勺子搅拌着，金属碰到杯壁发出了清脆悦耳的碰撞声。

"我说，拜托你的事，查清楚了吗？"

正在专心搅拌咖啡的诹访野停下了手上的动作。

"嗯……查清楚了。"

被针谷夺走第一助手之位的当天夜里，绝望的祐介联系到诹访野请他帮了个忙。

"抱歉了，总是来麻烦你。"

"这是说哪儿的话……"

"那，告诉我吧。"

祐介将杯子中残留的咖啡一饮而尽。

"明年去富士第一综合医院的人选，是吧？"

"嗯，是的。"

"我有个认识的人在富士第一综合医院的外科上班，我是托他打听的。说是从心脏外科楼的护士那里听到的消息。"

诹访野的信息收集能力还是一如既往的强悍，祐介惊讶地望着他。

"什么消息？"

"……说是明年去那儿的人选已经确定了。"

诹访野犹豫着说出了这句话。

"那个人是谁……知道吗？"

祐介感到喉咙一片干涩，舌头都有些不好用了。

"不，似乎连那个护士都不知道详情。但是……"

诹访野小心翼翼地观察着祐介的反应。

"据说那个人是纯正医大心脏外科教授的亲戚。"

　　祐介缓缓垂下眼帘，心中毫无波澜，这个结果在他意料之中。

　　这件事从一开始就定好了，针谷去富士第一综合医院，我被踢到冲绳。

　　"没事吧？"

　　诹访野有些担心地问道。祐介则对他笑了笑，笑容里满是落寞。

　　"啊，没事的，谢谢你啊，帮我查了这么多事情。"

　　"这倒没什么，不过，这也太过分了吧？他不是和你约好，只要实习医生留下两个，就把这个名额给你吗？但私下里还是把好事留给针谷了。"

　　诹访野的声音里满是愤怒。看着他的样子，祐介竟有些开心。

　　"不，无论是教授还是医局长都没有跟我约定过这件事。我仔细想想，他们用的词都是'考虑'啦，'研究'啦这些，说都没说'实习生留下来就让你去富士第一综合医院'这种话。"

　　"那不是欺诈吗？！"

　　诹访野大声说道。祐介则摇摇头。

　　"那些人确实更擅长。果然经历过医院权力斗争的人就是不一样，像我这种老好人是没办法与之抗衡的。我不是那种……能在医院的残酷竞争中幸存下来并成为手术主刀医生的人。"

　　说着说着，祐介有些激动了，他按住眼睛努力不让泪水掉落下来。

　　"平良前辈……"

　　"抱歉，让你看到这么丢人的一面。真的谢谢你，这下我可以好好整理一下心情，重新出发了。"

　　祐介双手轻叩脸颊。

　　"前辈，莫非你要辞职？"

　　祐介并不回答他的疑问，而是低头看了看手表。

"啊，已经这个时间了吗？我得走了，和实习生们的聚会要迟到了。"

祐介起身拿起桌上放着的小票，朝柜台走去。

"真的很感谢你，这次我请客。我去喝酒了，回头见。"

轻柔的爵士乐一点点沁入祐介的心脾。

"辛苦啦——"

单间内响起乡野明快的声音，祐介和实习生们的啤酒杯碰在一起。

离开咖啡厅约三十分钟后，祐介在新桥站附近的居酒屋见到了三位实习医生。

碰杯后，祐介望着杯中满满的生啤发呆。

好久没喝除无酒精之外的啤酒了。最近的手术很少，负责的患者术后的状态也平稳，他不用担心突然被叫回医院。

乡野、牧、宇佐美，这三个人无论如何也要出来喝一杯，这仅仅一个月的时间里，他和他们一起经历了许多苦乐。

祐介眯起眼睛，望着开怀畅饮的三个人。

"咦，平良老师不喝吗？不会不擅长喝啤酒吧？"

宇佐美关心地问询着。

"没有，并不是。"

祐介举起酒杯，其中满载着的金黄色液体流入喉咙深处，冰爽的刺激感顺着食道流进胃里。他闭上眼睛，尽情享受着这久违的滋味。

"哇，好酒量。"

乡野来了劲，将剩下的半杯啤酒一饮而尽后，又叫服务生来添了一杯。

祐介是真的想单纯地和实习生们开怀畅饮，但刚刚从诹访野那里得到的消息萦绕在脑海里挥之不去，暗黑的情绪一个劲儿地从心底里往上涌。他努力碰杯，希望忘掉这个念头，但苦涩的回忆太多，令他难以释怀。

也许是许久未碰酒精的缘故，醉意比想象中来得早一些。才刚刚喝了一小时左右，他的口齿就开始变得不清晰，思维也开始不那么敏捷了。

"不过话说回来，这一个月承蒙您照顾了。"

乡野面色通红地说着。

"您平时那么忙，还要负责指导我们，太不容易了。真是太感谢您了。"

"说什么呢，你们都这么优秀，不需要我操心太多。"

"不过，您实在太厉害了。"

牧向前探出身子。他的脸色虽然没什么变化，但眼神里已有了些许的醉意。

"背着突发心梗的教授去急诊部，我最开始听到这件事的时候，简直怀疑自己的耳朵。若是没有您，赤石教授可能救不回来了。"

"没有……"

祐介扶额。

是啊，我救了教授，我是他的救命恩人，但是他却那样对我……

"出什么事了吗？"

祐介一下子陷入沉默，面色微红。宇佐美意识到不对劲，一个劲儿地盯着他。

"啊，没事。我好久没碰酒精了，有点不适应。"

"对了平良老师，如果我们明年入职心脏外科的话，请您继续指导我们。"

乡野兴致勃勃地说道。

"入职心脏外科……"

祐介重复了一遍，乡野用力地点了点头。

"嗯，这一个月的实习让我们觉得还是心脏外科最有魅力。虽然离最终决定入职目标还有些时间，但我们会好好考虑，请期待我们的表现吧。"

乡野说罢对牧和宇佐美使了个眼色，二人都点头表示赞同。

"届时请平良老师继续指导我们。"

宇佐美对着祐介绽放出一个灿烂的笑容。

"明年，我可能不在这里了……要去联营医院工作了。"

"啊，这样啊，那太遗憾了。是富士第一综合医院吧？我听说那里是提高医术的最佳场所。"

"为什么你们会……"

祐介惊讶地望着她。

"欸，富士第一综合医院的事吗？刚来实习的时候听针谷医生提到过，说平良老师希望去那家医院工作，估计您明年会走什么的。"

针谷……祐介暗自在桌子下握紧双拳。

就因为他是教授的外甥，就能够轻易夺走我想去富士第一综合医院的梦想。那家伙做出这种事……

愤怒和屈辱顿时充满了整个胸膛，祐介咬紧牙关，努力克制着不让自己叫出声来。

"这样啊，明年平良老师就不在医院了。"

乡野喝了口啤酒继续说道：

"太遗憾了，本来想跟着老师学更多的东西。不过，您从富士第一综合医院修习回来后，再……"

"不是的！"

祐介将手中的啤酒杯重重地砸在桌面上，发出了沉重的闷响，他手背上溅的都是啤酒泡沫。实习生们惊讶地望着他。

"要去富士第一综合医院的并不是我。我被踢到了连心脏外科都没有的冲绳地方医院！"

"欸，是不是哪里弄错了？针谷医生明明说您要去富士第一综合医院……"

牧缩了缩脖子。祐介双手抱头。

"要去富士第一综合医院的并不是我，而是针谷。那家伙就因为是教授的外甥，就能去最好的地方。相比之下，我虽然救了教授的命却要被踢走，而且还不知道什么时候能回来。作为心脏外科医生，我完蛋了！"

祐介将沉积在心底的暗黑情绪尽数吐出。也许是被他的气势所压倒，实习医生们都沉默了。祐介继续说道：

"我尽力指导你们，是有自己的盘算的。赤石医生对我说，如果能让你们三人中的两人留下来，就考虑让我去富士第一综合医院。"

"竟然……"宇佐美惊呆了。

她惊讶的点在哪里？是赤石的阴谋，还是不纯粹的动机？祐介也不知道。

"你们三个刚才说，是发自内心想留在心脏外科是吧？"

祐介低声询问道。三人犹豫着点了点头。

"心脏外科，真有那么好吗？"

"什么意思？"

乡野浓眉紧皱。

"就是原本的意思啊。考虑到自己的前途，真的要留在心脏外科吗？心脏外科的忙碌程度在所有科室中是数一数二的，年轻医生甚至一周只能回一两次家。大部分入职的医生都因为受不了身心的疲惫而中途退出了。"

三人表情凝重，认真地听着祐介的话。祐介感觉自己完全喝醉了。

"就算忍受住了工作的辛苦，也未必能成为独当一面的心脏外科医生。大部分的重大手术都是教授级别的医生来执刀，落到年轻医生头上的都是些小手术，而这样的生活要过上十年。十年，如果在其他科室，已经足够培养出一个优秀的医生了，但放在心脏外科，还仅仅在见习的阶段！"

祐介猛地挥拳砸向桌子，发出的钝响划破了空气。

"只有一小部分，一小部分人才能成为真正的心脏外科医生。无论怎样努力，甚至为工作奉献出一切，也有可能面临用完就扔掉的结局……就像我一样。"

祐介的眼神一一和实习生们交会。

在为期一个月的实习后，他无论如何也要把这件事对实习生们交代清楚，和共享苦乐的他们把话说明白。

祐介缓缓开口了：

"不要来心脏外科。你们都是很优秀的，一定有更能让你们施展才华的科室。"

说完，他终于露出一个虚弱的微笑。

"绝对不要变成像我一样的人。"

"……我回来了。"

门开了，祐介摇摇晃晃地走进玄关。

"你回来啦……欸，没事吧？"

妻子美代子连忙跑过来。

"啊……没事。"

祐介靠在墙壁上，身子一点点滑落下来。

"这哪像没事的样子？还能坚持到家，真不容易。"

美代子惊讶地说着，拉起祐介的手腕努力撑住他。

"电车已经没了，我是乘出租车回来的。"

对实习生们说完不要来心脏外科后，祐介扔下几张一万日元的钞票便离开了居酒屋。虽然辜负了实习生们好不容易准备的酒局，但他不能再让他们看到自己丢人的一面了。

祐介在美代子的搀扶下走进客厅，脸朝下地栽倒在沙发上。

"好久没喝酒了，有点喝多了吧。没忘记自己是谁吧？"

美代子递过来一杯水。

"谢谢。"

祐介咕噜咕噜地将杯中的水一饮而尽，再次倒在沙发上。美代子在他身旁坐下。

"这一个月可辛苦你了，累了吧，好好休息一下吧。"

美代子轻抚祐介的脸颊，手上的凉意缓解了皮肤的燥热，让他感觉很舒服。祐介胸中的烦闷一扫而光，时间静静地流淌着。

"……美代子。"

祐介低吟着妻子的名字。

"嗯？"

他支起上半身，凝视着妻子的眼睛，要告诉她一件很重要的事情。

"好像，明年的赴职地已经决定了。"

美代子的神色有些紧张。

"这样啊，去哪里？"

"这个……"

祐介说不下去了，想说的话哽在喉咙处。

……太丢人了。这时，一双洁白纤细的手覆在了他放在膝盖上的紧握住的双拳上。

"没事的。"

美代子温和地笑着。一瞬间，他哽在喉咙上的结消失了。

"我去不成富士第一综合医院了。"

"这样啊，有点遗憾呢。那会去哪里呢？"

"去……冲绳。"

"冲绳？！"

美代子惊讶地瞪大了眼睛。

"是那个叫那霸的地方？"

"不，好像离那霸也很远，是个乡下的医院。"

"乡下的医院……"

望着无语的美代子，祐介失落了。果然，从小在东京长大的美代子很难适应乡下生活吧，自己虽可以单身赴任，但那就没办法经常回家了。

继梦想破灭之后，我连家人也要失去了吗？巨大的绝望向祐介笼罩下来。

"可能去冲绳赴任，你早就知道了吧？"

"……啊，是。"

"为什么不早点告诉我啊？"

美代子的语气中带着责备。

"我需要早点去驾校啊，不过，还有几个月的时间，应该来得及。"

"欸，驾校？"

"是啊，"美代子噘起嘴，"早点说的话，留给我的时间就更充裕些。平时要照顾真美，也不能去参加集训，只能通勤了。努努力的话两个月应该能拿下驾照。离这儿最近的驾校在哪里？"

"等……等一下，为什么要去驾校？"

"欸，冲绳那里，应该只在那霸有单轨电车吧？"

"啊，这倒是……"

"那去买个东西啦，接送真美去学校啦，不是都需要自己开车吗？所以必须先把驾照考下来。"

"你会跟我去？"

祐介的声音都有些颤抖了。美代子的神情严肃起来。

"当然了。一家人就是要在一起。"

"但是，真美她……"

"没关系。明年4月她就要上小学了，很快就会有新朋友。但是，妈妈她看不见真美的话会失落吧。干脆，让她和我们一起住好了。"

美代子思索着，用手指轻点下颌。

"真的……可以吗？"

"那是自然。就算你想一个人走真美也不会同意的，那孩子最喜欢爸爸了。"

美代子揶揄地说着。祐介的鼻子一阵发酸，眼泪模糊了视线，他连忙用袖口擦了擦眼角。

就算失去了梦想，家人也还在自己身边。

只有最重要的家人才会……

"美代子，对不起……"

"对不起什么？"美代子轻轻歪头。

"为了实现我的梦想，你一直在默默付出。但是现在，梦想破灭了……"

望着紧紧咬住嘴唇的祐介，美代子轻轻地抚摸着他的后背安慰着他。

"祐介君为什么对成为心脏外科医生那么执着呢？"

祐介抬起头来，视线和美代子的会合了。他从未和别人说过他想成为心脏外科医生的起因。但是现在梦碎了，说出来也没什么。

"莫非是因为妈妈？"

"为什么你会知道……"

"我们都在一起二十年了，这点事我还是有数的。那年妈妈做手术的时候，祐介君好像特别担心。"

"啊，那个时候……"

久远的记忆在祐介脑海中复苏。大学二年级的时候，母亲因上楼梯时经常感到胸痛就去纯正会医大进行了相关检查，结果被诊断为心绞痛，需要尽早接受心脏搭桥手术。

父亲去世后，母亲一个人承担起了所有的家庭责任，每天拼命工作将祐介抚养长大，日复一日的劳累蚕食着母亲的身体，而那时候她才刚过五十岁。

当时，担任母亲主治医生的年轻医生提到，冠状动脉老化严重，就算做了手术也极有可能在搭桥处重新出现堵塞，那样的话出现心肌梗死的概率很高。

得知此事后，祐介天天都心绪不宁，日夜担心。子欲养而亲不待的恐惧占据了他整个心。

距离手术还有几天时，他第一次见到了母亲的主刀医生，他神色坚定、体形强壮，是彼时的副教授赤石，讲解手术流程的声音洪亮。

听完他的介绍后，祐介小心翼翼地询问关于搭桥血管堵塞的可能性有多大，结果赤石望着祐介的眼睛向他保证：

"没事的。我连接的血管不会堵塞。"

这份保证里是对自己绝对的信心。听到这话，祐介在心里感恩母亲得救的同时，也种下了一粒种子。

我想变成这样的医生。

母亲自那年做完手术后，直到现在仍身体康健，每天都过来看孙女。这份幸福是赤石给的，带着对他的憧憬和崇拜，祐介坚持到了现在。

进入心脏外科和科室的人打招呼的时候，赤石并未提起母亲的事情。迄今为止已经做过上千例手术的他不记得也是正常的。祐介也并未特意提起，他决定等自己作为一位合格的心脏外科医生被认可后，再把当时的事情告诉赤石——正是因为他的一句话，自己才能成为心脏外科医生。

但是……这个梦想永远不会实现了。

祐介将所有事情和盘托出后，长长地出了一口气。他已经不觉得愤怒了，只是，深深的悲哀沁入了心中。

"这样啊，为了成为赤石教授那样的医生才拼命努力到现在啊。辛苦了。"

美代子将祐介的手和自己的重叠在一起。祐介感受着她掌心的温度闭上了眼睛。

"只是，不知道要去多久。如果真美小学的时候才能回到东京，那好不容易在那边交的朋友……"

美代子小声嘟囔着。突然，卧室的门开了，身着睡衣的真美摇摇晃晃地走了出来。

"妈妈……我要上厕所……"

真美揉着惺忪的睡眼说道。

"所以我才说，睡前不要喝饮料。不过真美，爸爸回来了哟。"

"爸爸？"

真美惊讶地重复了一遍，强睁着惺忪的睡眼四下张望了一圈，视线终于与祐介的交会了。看到爸爸的一瞬间，真美绽放出一个如花的笑颜。

"是爸爸！"

真美猛地向祐介扑过来。祐介张开双臂，一下子抱住飞奔过来的女儿。

"和妈妈在家乖不乖？"

"嗯！"

真美仿佛完全苏醒过来，元气满满地回答道。

祐介紧紧抱住女儿，怀中的小人儿温暖了他冰冷的心。真美用小小的胳膊环住祐介的脖子。

"爸爸，胡子扎人好痛！"

"啊，对不起。"

祐介说着，却更加用力地抱住了女儿。

"咦，爸爸哭了吗？什么事情让爸爸这么伤心？"

女儿奶声奶气的声音温柔地在耳畔回响着。

4

人工呼吸机的滴答声划破沉闷的空气。祐介站在病房的角落，冷冷地注视着手术台的方向，主刀医生敷岛正在忙碌着，额头上渗出了一层细密的汗珠。

11月8日下午一点，纯正医大附属医院手术部第一手术室，于上午九点开始的赤石教授的心脏搭桥手术已入佳境。负责从大腿提取桥血管的祐介在一小时前就完成了他这部分的工作。

祐介摸了摸后脖颈上的汗珠，手术室里并不热，但他全身已是大汗淋漓。这台手术连麻醉都是由教授级别的医生亲自做的，大学校长和医院院长也亲临现场观摩学习。他瞄了一眼不远处站着的肥后，肥后此时满脸都是焦躁，他被完全排除在赤石的圈子之外了。

匿名信风波后，赤石在医院的地位一度岌岌可危，但现在事情似乎有了转机。信中曾明确写着10月末会披露详情，但从那之后便没了新进展。而且根据医院里的小道消息，赤石的论文中并未发现学术不端的痕迹，众人开始觉得那封匿名信只是一个恶作剧而已。因此，以肥后为首的曾一度远离赤石的医生们又开始计划着重回他的阵营。而祐介每次听到类似的消息，心里都会发出一阵冷笑。

"剪掉。"

敷岛凝视着放大镜中的手术区域说道。站在他对面的针谷闻言用剪刀剪掉了缝合线多余的部分。祐介在口罩下面暗自咬紧牙关。

站在那里的人不是我。

从他知道去不了富士第一综合医院的那天起，他便决定要放下一切。但是，长年累月埋藏在心中的梦想无法轻易抹去，总是一有机会就冒出来提醒着自己的失败。

终于，敷岛从手术区域将手抽出，长长地出了一口气。祐介用余光看着大屏幕上的画面，作为桥血管最重要的左内胸动脉已经和左边的两根冠状动脉呈补丁状缝合在了一起，这是赤石的独家绝技"补丁法"。

一般而言，敷岛会在搭桥手术中采取传统的缝合方式。但今天也许是想报答赤石多年的教育之恩，他大胆地挑战了补丁缝合法。大屏幕上呈现的效果看上去并不输赤石。

之后便是使用祐介之前提取的血管将大动脉和右冠状动脉连接，完成三根桥血管的嫁接。

"针谷……交换。"

敷岛话音刚落，观摩手术的医生中响起一片惊讶之声，连祐介也不禁怀疑自己的耳朵。

"欸，怎么回事？"

针谷的声音中透着迟疑。

"这是手术前教授特意吩咐的，三根血管中的一根由你来完成。"

医生中间的讶异之声更大了。

"但是，我……"

"这是教授作为患者的要求。好了，赶快和我换位置，完成最后一根血管的缝合工作。我来协助你，无须担心。"

针谷的目光坚定了起来。

"知道了，交给我吧。"

针谷从第一助手的位置上离开走到对面。一瞬间，他的眼神和祐介的交会了。

将自己的搭桥手术的血管缝合交给针谷，很明显，这是赤石向外界宣告针谷是下一任心脏外科王牌的信号。

浓浓的嫉妒如同火苗一般灼烧着祐介，右手的中指火辣辣地疼。如果不是针谷，如果不是那个人，我的梦想就能实现了。没有那家伙的话，我的手指……

针谷与敷岛错身交换位置，一边接受着敷岛的指导一边专心致志地进行着手术。而祐介只能站在原地远远地望着他的身影。

终于，手术完成了。

"谢谢。"

完成皮肤的缝合工作后，敷岛轻轻地对针谷致意。与此同时，手术室中见学的人群中传来稀稀落落的掌声，很快，掌声在整个手术室里都响了起来。祐介听来，那便是对新星的祝福。

冰凉的洗澡水从头上浇下来，入侵整个身心的暗黑情绪被洗去了少许。

手术结束后，心脏外科的医局员陪着躺在病床上的赤石一起回到了 ICU。赤石的术后管理交给针谷全权来做。

赤石的状态稳定下来后，医局员们都陆续回到了自己的工作岗位上，只剩下祐介留在护士站注视着给 ICU 护士下医嘱的针谷。祐介不是没有自己的工作，但他的心绪实在太混乱，无法静下心来继续手头上的工作。

一小时后，确认针谷的身影从 ICU 消失后，祐介也离开了 ICU，进入浴室冲凉。此刻，偌大的房间里只有他一人，冷水不断地冲刷着身体，直到手脚都麻木了才停下来，他走出浴室用浴巾擦拭着全身。祐介手上还有工作没做完，先要去病房一趟。

换好衣服后，房间的门开了。他定睛看了一眼来人，停下了手上系衬衫纽扣的动作。

"针谷……"

"啊，是平良前辈，您辛苦了。"

针谷和平时一样，露出毫无保留的笑容。

"不过，真的是很有挑战性的工作呢，竟然突然提出让我完成血管缝合。最开始听到的时候，我简直怀疑自己的耳朵，吓了一跳。话说回来，还是前辈您的工作做得好，血管处理起来很简单，很容易就缝合了。"

"……为什么是你？"

这句话下意识地从祐介嘴边溜出来。

"欸，什么意思？"

"为什么是你来做第一助手啊？为什么不是我，而是你？！"

祐介再也按捺不住内心的激愤，喊了出来。

"前辈？"

"我一直为医局尽心尽力。我把一切都献给了医局，救教授命的人也是我。但是，这一切都让你给夺走了，这是为什么？！"

"这种事您跟我说也……"

针谷的面部表情因不满而扭曲。

"我要是教授的亲戚……"

"……那又如何？您是想说，我明明没什么实力，全靠教授的关系才得以加入今天的手术吗？"

针谷的目光瞬间变得锐利起来。

"难道不是吗？"

"不是啊。前辈也许很努力，但我单纯因为技术实力在您之上才入选的，请您不要乱说。"

"你说我的实力在你之下？"

祐介一把抓住针谷的衣领，但针谷却一动不动。

"是的，就是这样的啊。确实，您在急救或普通外科领域的手术水准一流，但在更加注重细节的手术中我才更胜一筹。"

针谷轻轻拨开祐介抓在自己衣领上的手。

"因为前辈您在缝合像冠状动脉这种极细的血管时手会颤抖啊。"

攥在针谷衣领上的手一下子松开，无力地垂落下来。

"为什么你知道……"

"莫非，您觉得没人注意到吗？"

针谷一脸震惊地望着他，整理着弄乱的衣领。

"前辈的右手中指，第二关节膨大，因为这个您才手抖。"

"你觉得这又是谁的错呢？！"

祐介被激怒了，本已平静下来的心复又被点燃。

"是我，这点事我心里有数，就是在东医体上您受了我那一脚回旋踢之后。"

面对着坦然承认的针谷，祐介再次哑口无言。

正是如此。在学生时代输给针谷那场大会的半决赛上，回旋踢越过祐介试图抵挡的手直冲肝脏部位，而右手中指的第二关节因直接承受了脚后跟的力量而脱臼了。而祐介应声倒地的同时，他亲眼看着右手中指扭曲成一个极为怪异的角度，那情景他至今都无法忘记。

那之后，虽然他立即进行了治疗和康复，但脱臼处落下了严重的病根，第二关节肿胀变大，一要进行精细作业而集中精力时，麻痹和疼痛就会在那个位置复发。

"你知道还……"

"是啊，我知道。那又如何？您是想要我道歉吗，还是说，我应该将今天的第一助手让给您做补偿？"

针谷挑衅地反问道。

"别说傻话了，我本来就没有违反规则，站在赛场上堂堂正正地进行了一场比赛，而前辈您则是因为运气太差才受了那么重的伤。我什么都没做错。"

祐介感到一阵莫大的屈辱，他无法反驳，愤怒到全身颤抖。

"就算没有那次受伤，前辈您也许能在技术上超过我，也许就能被选作这次手术的第一助手。不过，这种假设没有意义。现实就是您受了伤，我入选成了第一助手。"

针谷夸张地耸了耸肩，他不再说话，开始换衣服。

祐介开口想说些什么，但只是徒劳地张了张嘴，什么都没能说出来。

"那么，前辈，我还有教授的术后管理需要做，先告辞了。请您忘了今天的谈话吧，前辈，您有些累了。"

换好白大褂的针谷恢复了往日的阳光气质，在祐介肩上重重地拍了一下走出了休息室。

强烈的挫败感袭来，愤怒在胸中激荡。

祐介一拳砸在储物柜上，发出一声巨响，在铁门上留下一个浅浅的凹痕。

5

第二天中午，祐介在医局的办公桌前大口嚼着三明治，明明是和往常一样的食物，但今天却感觉味同嚼蜡。

昨天和针谷在休息室交锋后，他觉得身体格外沉重，每个关节都如同生了锈一般。挥之不去的挫败感游走遍全身，夺走了他最后一丝力气。

今晚还要值班，这个状态真的没问题吗？他努力想打起精神，但倦怠感总是挥之不去。

"喂，平良。干得好！"

突然，有个人在背后拍了拍他，祐介吓了一跳，被噎得差点喘不上气来。回头一看，肥后笑容满面地站在身后。

"什么事？"

"实习生啊，就是你带的那三个实习医生。"

"啊……他们怎么了？"

"你怎么还是这么迟钝？留下了啊。今早他们三人一起过来提交了明年的入职申请。"

"等……等一下！"祐介简直怀疑自己的耳朵，"他们明年要入职心脏外科？三个人都要？"

"啊，是的。这样一来，我和你都为医局做贡献了。"

肥后的兴奋依旧没有退去。他大概是认为这样一来自己的医局长地位可保。

"三个人都……"

明明我警告过他们，别来心脏外科……

"怎么一副垂头丧气的表情啊？不管怎么说，这事办得好。明年的调职，可以期待一下了。"

肥后的脸上出现了一丝嘲笑的神色，祐介见到几乎有些想吐。明明决定了要把我踢到冲绳，还说得若无其事的样子。

祐介拼命忍耐住想给肥后一拳的冲动。

肥后心情大好，说了声"待会儿见"便扭头走进了医局长办公室。祐介凝视着他关上的办公室门，肥后是匿名信的始作俑者这一念头愈发强烈。那个男人，为了达到目的什么下作的招数都使得出来。

若真是如此，那间办公室里一定有什么证据。

关于匿名信的调查因赤石的心梗而暂停了。但如果嫌疑人是肥后，祐介无论如何都想找到证据将其揭发。这黑暗的欲望顺着血液流淌，席卷至全身。

祐介凝视了十几秒医局长的房门，长叹了一口气。

就算做了这件事也没什么意义，事到如今，就算揪出嫌疑人，自己也要被踢到冲绳去。而且，回到教授岗位上的赤石也不会再留着肥后了。

三个实习医生……

比起搜查嫌疑人，还有更重要的事情要做。祐介拿起 PHS 拨出了一个电话号码。那边马上就有了回复。

"我是牧，是平良老师吧，辛苦您了。有什么事情吗？"

"我刚才听医局长说，你们三个都提出了入职申请。"

"是，今早我和乡野、宇佐美一起提交的。"

牧干脆地回答道。祐介对哪里搞错了的幻想立刻被打破了。

"为什么要这么做？！我不是说过吗？别来心脏外科！"

"啊，我是慎重考虑之后才做的决定，还是觉得心脏外科最有魅力。乡野和宇佐美也是这么想的。"

"竟然这样……"

这个医局哪里有魅力了？结局还不是像老黄牛一样被随意使唤后弃之不用了？

难道是自己的警告没能传达给他们？因为这个三人就要被埋没了吗？后悔在祐介心中熊熊燃烧。

"正好，我们有事要汇报给您。"

牧突然压低声音，神神秘秘地说道。

"汇报给我？"

"嗯，我们一直在调查送匿名信的嫌疑人，最近有了许多新进展。等您稍稍冷静一点，我再细说。"

"匿名信？为什么你们要做这事？"

"因为找出嫌疑人，您不是就有可能去富士第一综合医院了吗？"

听着电话里天真的声音，祐介感到些许头痛。

"之前我说过了吧，去富士第一综合医院的人已经定下来了，是针谷。"

"我知道啊。不过，我们三个都留下来了，若是再找到嫌疑人，说不定赤石教授会重新考虑呢。"

"不会的。这个世界不是这么简单的。对赤石教授来说，我不过是用完就扔的棋子而已。"

这几周以来，他终于悟出了这个道理。

"不试试怎么能知道呢？先别轻易放弃啊。我们也会努力的。啊，皮肤科的人来参观学习了，我先去忙了。"

电话挂断了，PHS 里传来了嘟嘟的忙音，祐介发了会儿呆，终于无力地摇了摇头。

试试才知道，能这么想只是因为他们还单纯。但是在这个地方，单纯的人只能被当作垫脚石而已，就像自己一样……

从未感觉手上的 PHS 如此沉重。

……好闲。午夜，祐介躺在床上睡不着，望着天花板发呆。

最近因赤石病倒，大型手术都减少了很多，今晚没什么紧急呼叫。心脏外科里目前只有一位重症患者，那就是还躺在 ICU 里的赤石。这些天，针谷一直住在医院里照顾他，按理说今天也不会找上自己。

明年我该怎么办呢？

祐介望着天花板上的污渍思绪万千。再这样在医局待下去，明年自己就要被踢到连心脏外科都没有的冲绳地方医院，不得不成为一名普通外科医生了。

干脆辞职算了，这样就不用去冲绳了，但那样一来自己就必须重新找工作。自己目前尚未完成心脏外科医生的修习，就算有肯雇用自己的医院，职位也只能限于普通外科医生或急诊医生，没有医院会雇用自己做心脏外科医生。

现在从医局辞职，就意味着成为心脏外科医生的大门永远对自己关闭了。但留下来，结局也是一样的。

市里的医院在薪水上应该会比现在好很多，也有时间陪伴家人。但是，直到现在自己还不想放弃梦想，他依旧想成为一流的心脏外科医生，拯救更多人的生命。

突然，他想起了白天牧对自己说的话。在三位实习医生都留下的基础上，再揪出匿名信的嫌疑人，就算自己去不成富士第一综合医院，多少也能去更能实现梦想的地方吧？

当时的他甚至都没往这方面想过，但现在仔细想来，也并非不可能。尽管没有富士第一综合医院那么好，但可以学习心脏外科技能的地方也有不少。这就对了。我让三个实习生留在了这个部门，应该有权利提出要求。祐介的心中又出现了一丝希望，就在这时，床头的PHS响起。祐介看了一眼液晶屏幕，顿时惊呆了。屏幕上显示着"ICU"，而那里只有一位患者，那就是赤石，他急忙按下通话键。

"我是平良！"

"平良医生，不好了！请赶快过来一趟！"

电话那头传来了护士焦虑的声音。祐介当即在心里有了判断，没时间在电话里了解具体情况了，他说了句"马上过去"便挂断了电话，一把抓起椅背上搭着的白大褂匆匆跑出值班室。

祐介飞快地跑下楼梯来到ICU，和麻醉医生及另外两名护士一起围在赤石的病床边上。

"发生什么了？"

祐介调整了一下气息望向赤石的脸，惊得心脏猛地跳动了一下。教授的脸因痛苦而扭曲了，额头上冒出豆大的汗珠，氧气面罩下的呼吸声紊乱而粗重。

"十五分钟前教授的状态突然恶化，而且心电图也……"

监视仪器上显示的结果令祐介睁大了眼睛。上面显示的形状只有在缺血状态下才有，而且，他的血压很低，脉搏数却在上升。现在他的状态十分危险。

"针谷呢？"

针谷是赤石的主治医生，按理说他应该最了解情况。

"大概一个小时之前，他说自己要去睡一会儿……我们给他打了很多电话了。"

护士无奈地耸了耸肩，啧啧说道。这些天的连轴转，他怕是劳累过度不知道在哪儿睡过头了。

"加大输液量和升压剂的剂量。还有，准备硝基。"

祐介调整着药剂泵上的数字。

"针谷医生回电话了，说是马上过来！"

护士一边单手拿着护士站里的呼叫电话一边汇报道。这时，赤石的脸上渐渐恢复了血色。祐介终于控制住了事态。

"今天在心脏外科值班的人是谁？"

祐介大声发问，一位老练的护士马上回答道：

"是肥后医生！"

"马上叫他过来。再把值班的临床工学技术也叫来！"

这时，ICU 的自动门开了，急得满脸通红的针谷飞奔进来。

"出什么事了？"

面对上气不接下气的针谷，祐介沉默地指了指脚下。

"欸？啊、啊啊啊啊啊……"

针谷发出了一阵悲鸣。

病床的一边安置着一个四四方方的塑料容器，里面装满了鲜红的血液。

定睛一看，血液正从纤细的塑料管中一滴滴地落进方形容器中，管子的一端穿过手术伤口直通心囊，这是为排出术后的少量组织液和血液而设置的留置管。但是现在，大量血液正从中不断渗出。

"缝合……不良？"

针谷大口喘着粗气。

"啊，是的。"

祐介表情阴郁地答道。

现在的状况，恐怕是由于桥血管和冠状动脉血管缝合不良引起的。缝合处因承受不住动脉的巨大压力而出现松弛，血液从那里泄漏出来。结果，心肌处的血流不足引起心肌缺血，心囊内滞留的血液压迫到心脏，引起了冠状动脉搭桥术的并发症。

"为什么……我明明缝合得很好了……"

针谷大汗淋漓，小声嘟囔着。

"不是我的错……是因为前辈没处理好桥血管……我明明好好地缝上了，就是因为那个血管质量不好……"

"现在不是说这个的时候！马上准备再次手术！"

祐介愤怒地大声喝道，而针谷只是结结巴巴地重复着："再次手术……"

"是的，现在必须马上开胸再次缝合。马上就干！"

针谷的反应有些迟钝。他茫然地看着血液从留置管中汩汩流下，流进塑料容器中。

针谷在现在的状态下没法执刀了。祐介迅速做出判断，回头对着护士站里的护士问道：

"联系到肥后医生了吗？"

"不行，我们给他手机也打了电话，但马上就转到语音留言了。"

这个人在干什么呢？待命的时候就该马上接电话啊。祐介不满地连连啧声。这家伙之前就这样，一到这种时候总是不接电话。

必须尽快进行手术，不然赤石就没救了。但以现在针谷的状态没法进行手术，肥后又联系不上，手术人手不足。能不能联系上不值班的医生？但是，现在这个时间不可能马上联系到医局员。

怎么办？祐介沉思片刻，再次面向麻醉师。

"医生，现在马上去手术室进行开胸手术，麻醉这边没问题吧？"

"我这儿倒没问题，不过两个人做开胸手术的话难度挺大的……而且，针谷医生现在……"

麻醉师向嘴里一直嘟嘟囔囔的针谷投去不安的视线。

"没关系。他开始手术后一定会恢复的，人手不足也能解决。"

祐介再次对护士站说道：

"先别联系肥后医生了，叫别的医生过来。"

"别的医生？叫谁呀？"

面对护士的疑问，祐介微微扬起嘴角。

"三个实习生就行了。"

被大大打开的胸部中央，红色组织清晰可见，那是包裹心脏的膜，学名心囊。此刻，血液正从插入其中的留置管中排出。

祐介在口罩下轻呼一口气，头戴眼镜型扩张器的他一动不动地望着正对面的针谷。跟刚才相比，这家伙现在镇定多了，但是身体仍在止不住地微微颤抖着。因为他，开胸都变得困难了许多。

不过，他不在的话估计开胸也没办法完成。祐介又将视线投向了针谷身边站着的乡野。时值深夜，在还在其他科室实习的情况下，乡野、牧和宇佐美一接到电话就赶来了 ICU。在三人的帮助下，祐介将赤石运送到了手术室。本应在家中待命的肥后直到现在都联系不上。祐介等不到他过来，便自己作为主刀医生开始了手术。

多亏乡野协助完成了针谷未能完成的助理部分，心囊露出工作总算完成了。另一方面，牧和宇佐美协助麻醉医生进行输液和输血管理的工作，赤石总算是保住了一条命。

那么，接下来就是真正的较量了。祐介拿起手术剪刀暗自下定决心。打开心囊，内部滞留的血液会一股脑地排出，必须马上吸去血液，保证手术视野的清晰，再找到出血点。祐介对手持吸引管的乡野使了个眼色。

"吸去血液，对吧？我明白，不过平良老师，我想起了那个病人。"乡野语气轻快地说。

"哪个病人？"

"就是那个，我以为只是喝醉了，但其实是张力性气胸和肝损伤的那个病人。"

"啊，是啊。"

不同之处在于打开的是心囊而不是腹膜，不过二者的状况倒是很相似。

"那个时候多亏了您，病人才能得救。"

"这次也一起加油吧。"

闻言，乡野重重地点了点头。

"针谷，打开心囊了。"

"欸？啊，好的，好的……"

针谷的声音软弱无力。

这家伙准备纠结到什么时候？自己的失误使得教授面临生命危险，他现在一定非常自责吧？但现在，为了纠正这个错误也必须集中精力。

这个曾修复了众多人的人生的男人正面临生命危险。这是一位令人尊敬的医生，绝不能死在这里。

祐介心意已决，准确无误地切开了心囊。如同割开成熟的果实，鲜红的血液从中喷涌而出。

"吸引！"

祐介话音未落，乡野已将吸引管插入心囊内部。

在哪儿？出血点在哪里？针谷缝合的桥血管……

祐介的视线凝固了。鲜血仍从心脏表面一股股地涌出。

"啊……"

祐介不禁发声，兴奋的心慢慢冷却下来。

祐介拿起止血钳夹住出血的桥血管，出血量一下子减少了。

他长长地、轻轻地吐出一口气，重新观察起手术区域。

啊，原来是这样……

闭上眼睛的同时，心里仿佛有什么东西被放下了，压在身上的东西一下子消失了。

"针谷……"

祐介睁开眼睛，望着对面的针谷。

"出血处不是你缝合的血管，是敷岛医生缝合的。"

"欸？！"

针谷紧紧盯着手术区域，半晌，他终于放下心来，长出了一口气。

针谷缝合的桥血管正和冠状动脉血管紧紧地连接在一起。

祐介目不转睛地盯着缝合处，只有几毫米的血管上针脚整齐，那作业仿佛艺术品一般精美。

迄今为止，祐介已见过许多桥血管。但是，这种水准的精细工作，他只在赤石手上见到过。

我能做到吗?

他心中立刻有了答案: 不能。

就算右手中指没有旧伤, 他也不能将血管缝合得如此完美。一直以来, 他都以为针谷受到了特别优待, 正因为他是教授的外甥才能去富士第一综合医院。但直到今天他才发现, 自己一直是错的。仅仅因为他的技艺精湛, 才会被选作赤石的继承人。

"那么, 我……"

针谷抬起头, 泫然欲泣。

"啊, 你什么错都没有。出血的血管是敷岛副教授缝合的。他第一次挑战补丁法, 缝合上存在不完善的地方。"

针谷的膝盖一软, 三步并作两步跟跟跄跄地离开了手术台。

"平良医生, 之后应该怎么办? "

麻醉医生询问道。不管怎么说, 血是止住了。但是, 如果不缝合出血的桥血管, 就没办法从根本上解决问题。

祐介盯着手术区, 不知怎的, 多年以来在心脏外科的记忆在脑海中闪回。

"……我来缝合。"

"您来? ! "

麻醉医生吃了一惊。

"我们联系不上肥后医生。缝合不良的地方只有一处, 我来修复它。"

也许是安心的缘故, 针谷泄了气, 再无接近手术台的意思。那样子别说执刀了, 连助手的工作都没办法完成。只能祐介自己来了。

"但是, 要用到补丁法吧, 这可比普通的缝合方法复杂多了。就算只有一处, 也需要高超的技巧才行。您不是还没有在心脏搭桥手术上执刀的经验吗……"

麻醉医生的脸上浮现出了不信任的神色。实习医生们和针谷都不安地望着祐介。

"没关系。"

祐介沉稳地说:

"我绝对能救回赤石教授。"

麻醉医生神情严肃地沉默了数十秒后终于点了点头。

"知道了,那就交给您了。"

"谢谢。乡野君。"

"在,请您下指示。"

乡野干脆利落地回答道。

"接下来我要固定缝合部分的心肌,你帮我安装固定器。"

"了解!"

乡野有力地答道。在他的帮助下,固定器顺利地安装上去。这个工作结束后,终于进入正式战斗了。

祐介手持持针器,透过眼镜型放大镜凝视着桥血管。教授的心脏强有力地跳动着,就算用设备固定住,轻微的震动也传导到了血管上。

他将手伸进大大张开的胸腔,将持针器前端夹着的小小针头靠近血管。

呼吸因紧张变得紊乱,阵阵疼痛向右手中指袭来,因此不住地抖动。

偏偏在这关键时刻……祐介在口罩下面咬住嘴唇。

他拼命地想让这颤动停下来,但越努力越事与愿违。祐介只好先将手抽出。

"没事吧?"

麻醉医生疑虑的声音传来。手指的疼痛加剧了,这时,手术室里响起了一个声音:

"没事的!"

祐介惊讶地转过头,只见宇佐美在胸前紧紧地握住了双拳。

"平良老师的话一定没问题!"

"就是啊,平良老师一定能做到!"

牧在宇佐美身边附和。

"你们……"

"您一直在为这天努力吧。作为指导医生,请好好给我们露一手吧。"

对面的乡野也为他加油打气。

祐介将手放在被无菌服覆盖的胸口上,掌心传来的心脏跳动渐渐变得有力。

"就是啊,必须让我们见识见识您的本事。"

祐介再次将手伸进打开的胸腔。针尖已经不再颤动,手指的疼痛不知何时也平息了。

现在开始吧,我第一次也是最后一次的冠状动脉搭桥手术。我一定是为了这一刻——这修复人心的一刻才成了一名心脏外科医生。

祐介屏住呼吸,针尖缓缓刺破血管。

6

"辛苦了。"

祐介重重地坐在护士站的椅子上，接过牧递过来的罐装咖啡。他身心俱疲，连站都懒得站起来。

时间到了凌晨四点左右。出血点的修复很成功，大约一小时前手术结束，赤石被送回了 ICU。之后，祐介忙着观察病人状态及术后指示，一直忙到现在，终于得以喘息。

术后，针谷还未能完全从精神上的打击中恢复，便在心脏外科的值班室休息。

"今天辛苦大家了，谢谢。"

祐介发自内心地对着三人致谢，三个人笑着摇摇头。

"太客气啦。我们明年也是心脏外科的医局员了。"

乡野和宇佐美说道。但祐介听到这话，心里的满足感淡薄了很多。

他想做点什么，让三个人改变决定。但现在看来，他们的心意已决，很难仅凭几句话就撼动。至少在现在这个时间点上，他已没有余力。

"今天就到这儿吧，你们先回宿舍休息。白天还有实习吧？"

祐介拉开咖啡罐的拉环喝了一口，强烈的回甘稍稍治愈了疲惫的心。

"没关系的，这个月我在放射科，牧在皮肤科，宇佐美在眼科，都是比较轻松的科室。"

乡野满不在乎地挥了挥手。

"就算如此，一夜没睡觉，第二天也会比较难受吧？"

"确实是这样呢。那我们先去睡会儿。"

乡野说道，牧和宇佐美点头附和着。三人向祐介告辞后，便朝ICU 的出口走去。这时，牧突然想起了什么事，停下了脚步。

"平良老师，关于那封匿名信……"

"那个啊，不用费心查了，教授也不怎么提这事了。"

"好像是这样的。本来应该在上个月送来的传真还没到，那本杂志也没再披露更多细节了。"

"啊，那个月刊吗？好像说的是下一期？"

"是的，我查了一下，杂志发售几天前，它的网站上会发布预告，算起来就是今天傍晚了。"

"你查得倒挺详细的。"祐介苦笑着说道。

"因为我不知道从哪里能找到嫌疑人的线索呀。"

"不过，现在看起来，这只是一个无聊的恶作剧而已。"

"嗯，是的。有关键性线索的话，我再来告知。我先走了。"

确认实习生们彻底离开后，祐介自言自语道："恶作剧……吗？"

作为一个恶作剧，其影响力也太大了。直接导致医局内部疑云丛生，权力斗争兴起，直接诱发了赤石的心肌梗死。

嫌疑人这么做，到底图什么呢？

……图什么？

蜷缩成一团的背部伸展开来，头脑中灵光闪现。

莫非是……祐介拼命将脑海中的记忆碎片一个个串联起来，真相渐渐浮出水面。

"难道……"

祐介将双手举到眼前，他怀疑自己是不是搞错了，是因为自己太累才产生了这些奇怪的念头。但是，他越想越觉得，脑海中浮现出的念头才是真相。

"……必须去确认一下。"

祐介站起身来，脚下仿佛踩着棉花一般周身不稳，他定了定神，向出口走去。

祐介敲敲门，走进值班室。

"身体怎么样？"

见到祐介，躺在床上的针谷挣扎着想要坐起身。

"抱歉，我占用了值班室。已经没事了。"

"别说这个了，多睡会儿吧。"

祐介坐在床边的椅子上，沉默地俯视着针谷。

"那个，平良前辈，怎么了？"

也许是察觉到了什么，针谷压低了声音。

祐介缓缓开口道：

"针谷，你就是散布匿名信的嫌疑人吧？"

一瞬间，针谷的脸上浮现出茫然的神情，紧接着，他如同一个弹簧玩具被弹起一般，猛地坐起身来。

"你说什么？！"

"别那么大声啊，外面会听到的。"

"……到底什么事？"

针谷努力压低嗓音，声音里带着强烈的敌意。

"什么事？就是那件事啊。是你到处散布匿名信，将赤石教授逼上了绝路。"

"你胡说！"

"是吗？那么，赤石教授发病的时候，你在做什么呢？你没有接 PHS 电话。"

"做什么……我太累了，在医院里睡着了。"

"别骗人了。你当时在和杂志社的记者打电话吧？我刚从实习生们那里听说了，那本杂志的下期预告将在今天推出，原本应该由你提供消息来源的。但是现在你给不了，你们在电话里争吵起来，才导致你没注意到 PHS 的动静。"

"别开玩笑了！没有那样的事！"

祐介不理会怒气冲冲的针谷，继续说下去：

"匿名信的底版是用当天早上医局联络会上发放的文件做成的。为掩人耳目，嫌疑人必须在一个隐蔽的场所制作信件，所以我才会怀疑到肥后医生和柳泽医生身上，只有他们二人有自己的办公室。"

祐介微微扬起嘴角。

"但是，我仔细想来，医局里还有别的办公室。针谷，匿名信事件发生的那天早上，你应该刚下夜班吧，值班室一直能用到上午十点。联络会散会后，你又回到值班室制作了匿名信。没错吧？"

祐介将两手一摊，静待针谷的回复。针谷的脸上出现了一丝动摇之色。

"等等，这全部是您自己猜测的结果，什么证据都没有，就把我当成嫌疑犯对待吗？”

"你应该看过那篇杂志报道吧？”

"是……是啊……"

"在哪里看到的？”

"我之前不是说过吗？我是在新馆一层的便利店里读到的。”

"是在我们医院新馆的便利店里读到的，没错吧？”

"真是没完没了的，没错啊。”

针谷不耐烦地挥挥手。

"我说，针谷，那是不可能的。”

祐介叹息着说道。针谷不禁"欸"了一声反问。

"因为你没机会在新馆的便利店里读到那篇报道啊。那里都没放过杂志。”

"什……什么……"

"仔细想想你就明白了。我们医院为了不让家丑外扬，拼命地掩盖着这个丑闻。首先就不可能让杂志出现在人来人往的医院便利店里，肯定会全部买下来，再统一销毁。”

针谷无可辩驳，祐介目不转睛地盯着他的眼睛。

"你不是因读了杂志才知道这个消息的，你自己就是消息的提供者，一开始就知道这件事。”

"这不可能！就是因为那封匿名信，不仅仅是舅舅，连我也成了受害者！”

针谷激动地连连摇头。

"确实如此。一直以来，我也认为是有人觊觎赤石医生的教授之位才做了这事。但是，他的计划存在诸多漏洞。赤石医生的嫌疑已经洗清了不少，若是没有心肌梗死这件事，他很快就能回到工作岗位上了。那么，嫌疑人做这件事就没有意义了。"

祐介凑上前去，针谷微微躲闪了一下。

"但是，如果嫌疑人的目的不是拉教授下台，那一切谜题都迎刃而解了。"

"那你说嫌疑人是为了什么才这么做？"

"很简单啊，嫌疑人只是想暂时抹黑教授的名誉而已。只是暂时而已。"

针谷的脸瞬间扭曲了，神情一下子阴郁下来。

"抹黑教授的名誉，使他一时间众叛亲离。这就是检举的目的。接下来的事情正如嫌疑人所料，医局员们以为教授要下台了，纷纷开始远离他。"

"为什么……为什么非要这么做不可？"

"还要我继续说下去吗？就是为了在已经孤身一人的教授面前表示只有自己不离不弃啊。在他眼里，只有你一直陪伴左右，这份忠心不输给任何人。之后的事就简单了，调查结果会洗清教授的污名，让他重拾权威，而你则会得到教授的百分百信任。这是你的计划吧？只不过你没料到，这场风波让教授备受打击，最终导致了他突发心肌梗死。你因为深感愧疚，最近都是一副郁郁寡欢的样子。"

说完，祐介揉了揉酸疼的肩膀，一下子说了太多话令他有些疲惫。针谷仍旧垂着头，无话可说。

令人难堪的沉默笼罩着整个房间。

"针谷……"

祐介开口打破这寂静。

"为什么要做这种傻事？就算没有这次的事，你也一直为教授所看重。"

听到这句话，一直低头不语的针谷猛地抬起头来，眼中杀气腾腾，他盯着祐介。

"被他看重？我吗？别开玩笑了！我才没那么单纯呢，就因为是教授的亲戚才受到特别优待。要是不这么做，我就没有未来了！"

针谷双目充血，大声说道。不知道是已经迷失了自我，还是不打算再掩饰下去，总之，他已经变相承认自己就是写匿名信的人了。

"说什么呢！就算不这么做，教授也打算让你来做继承人啊。"

"那他为什么要让你去富士第一综合医院？！"

针谷咬牙切齿地说。望着他的样子，祐介不禁瞪大了眼睛。

"让我去富士第一综合医院？"

"是啊，我听说只要让三名实习医生中的两名留下，你就能去富士第一综合医院了。那三个人本来就有志于心脏外科，把他们交给你这种老好人带，入职是必然的结果。我的亲舅舅，他竟然没选择我，而是选择你来做他的继任者！明明我一直为了他尽心尽力！"

祐介无言地面对着叫嚣着的针谷。

赤石和肥后为了让自己心甘情愿为医局卖命而放出的诱饵，不知不觉间扩散开来，将针谷逼上绝路，逼成了匿名信的始作俑者。

真相既讽刺又可笑，一丝苦笑不自觉地从祐介嘴角流露出来。

"针谷……最开始确定去富士第一综合医院的人就是你。"

"别骗我了！你一定知道，只要能让实习医生留下，去富士第一综合医院的人就是你！"

"那是为了让我尽最大努力留住他们！之前富士第一综合医院那边就有消息说，明年赤石医生的亲戚将调过去工作。"

"什……？！"

针谷的嘴张开一半，说不下去了。

"顺便说一句，我被踢到连心脏外科都没有的冲绳地方医院去了。这件事很早之前就定下来了。"

祐介耸耸肩，长长地叹了口气。

针谷的眼神迷茫了，片刻，他用充满警惕的眼神望着祐介。

"……之后你打算怎么办？"

"嗯？什么意思？"

"别装傻了！你肯定想着向教授揭发我，把去富士第一综合医院的机会夺走吧？但是很遗憾，你没有证据！我只对你一个人说过在医院里看过杂志！"

针谷发出一阵干巴巴的笑声。祐介从白大褂的口袋里取出手机，在液晶画面上操作了几下。

"但是很遗憾，你没有证据！"

数十秒前针谷叫嚣的声音再次在房间中响起。

"这是……"

"啊，是录音软件。从我进入这个房间起，我们之间所有的对话都被录了下来。"

针谷的脸上顿时血色全无，他失魂落魄地望着祐介。

"我……我会怎么样？我一直憧憬着成为舅舅那样的人，才拼了命地努力到今天。如果……我被赶出医局了，那……我应该怎么办啊？"

针谷如同呓语般嘴里一个劲儿地嘟囔着，见状，祐介轻轻将手搭在他的肩膀上，他要告诉他这次来的真实目的。

"……去富士第一综合医院。"

"欸？"

针谷惊讶地抬起头来望着他。祐介和针谷的视线重叠了，他不再犹豫，坚定地说出了自己的心里话：

"你要去富士第一综合医院！到那里拼命工作，成为一流的心脏外科医生，去拯救更多的患者！"

"什……什么……"

面对目瞪口呆的针谷，祐介点开手机找出了刚才那段对话的录音。他在针谷面前毫不犹豫地彻底删除了那段录音。针谷的嘴巴张得大大的，愣在原地。

"看见你缝合的血管我就明白了，你的实力远在我之上。就算我中指上没有这处伤，也无法像你一样做那么精密的手术。所以，你才应该去富士第一综合医院！"

"前辈……"

"别误会，这并不是为你，而是为将来有可能得到救治的患者考虑。你的手段太卑鄙，我不会原谅你。若要补偿的话就给我好好治病救人！记好了！"

祐介鼓励着他。

针谷泪流满面，连连点头说："好的……好的……"

这就行了。心脏外科的指导医生是只有天选之人才能做的特别工作。自己技不如人，理应抽身退出。

祐介努力克制着胸中翻涌的后悔，转身离去。

"不管怎样，论文不存在造假，这是最好的结果。"

就在他伸手欲握住门把手之时，背后的呜咽声消失了。他诧异地转过头去，只见针谷正纠结地望着他。

"前辈，论文造假……是真的。"

7

"您叫我？"

几个小时后，时间正是上午九点，祐介站在 ICU 里，他是被刚刚清醒过来的赤石叫来的。

"……我又被你救了一次。"

赤石在氧气面罩下轻轻说道。

"嗯，是的。"

祐介毫不谦虚地说。不知怎的，他觉得二人现在并不是作为上司和下属，而是作为两个医生在对话。

"听说是你为我做的二次缝合。"

"说是二次缝合，其实只有三针而已。"

祐介耸了耸肩。

"那也很了不起了。手指没关系吗？"

祐介惊讶地瞪大了眼睛。

"您知道了？"

"之前在手术的时候你的手指抖动的事吗？当然了。大部分医局员都知道。”

“这样啊……昨天手术的时候没事，克制住了。”

“这样啊。”

赤石点点头，瞟了一眼祐介。

“平良，你还是想做心脏外科的主刀医生吗？”

“……我不知道。”

他内心对这件事还是有留恋，但是，此刻理性战胜了感性。

“有件事我必须向你道歉。”

赤石的语气波澜不惊。

“我从一开始就没想选你去富士第一综合医院。”

“我知道。”

“我是打算送针谷去富士第一综合医院，让他做我的接班人的。是我骗了你。”

“我不恨您。您并不是任人唯亲，那家伙比我、比任何一位年轻医师都有能力。是这样吧？”

“啊，是的。”

赤石重重地点头。

周围忽然安静下来。但不知道为什么，他反而觉得更开心了，自己一直以来尊敬的男人跟他敞开了心扉。

“平良，写匿名信的人，找到了吗？”

“……不，没有。”

数秒的沉默后，祐介回答道。赤石听了只是说了声“这样啊”。

也许教授对谁引起这场骚动已经心中有数了。望着他的样子，祐介在心中暗暗想。

“平良，你母亲怎么样了？”

赤石突然开口问道。祐介未能瞬间反应过来，他瞪大了眼睛。

"您还记得我母亲？"

"当然了，我记得自己执刀过的所有病人。"

赤石骄傲地回答。闻言，祐介感到心里暖暖的。

"她身体很好，很精神，每天都过来看孙女。"

"这是自然，毕竟是我'搭的桥'（做的搭桥手术）。"

赤石开了个玩笑，长出了一口气望着祐介。

"平良……我准备辞去教授一职。"

祐介眨眨眼睛，低头示意："您辛苦了。"

"你不惊讶？"

赤石扬起嘴角。

"我多少有些感知到了。"

"就在刚刚做的决定，结果，身体一下子就感觉轻松了不少，感觉一直背负着的东西放下了。人生没什么遗憾，可能说的就是这种感觉。"

"您的命好歹是我拼死拼活救下来的，请尽量长寿。"

祐介揶揄道。赤石将手放在胸口上。

"是啊，就是这么回事。必须活得长一点……毕竟，这是你修复过的人生。"

"您对别人说过要退休这件事吗？"

"没有，还没说。对家人也没说过。"

"那为什么要对我说？"

"为什么呢？我自己也不知道。只不过，在我决定要退休的时候，我第一个想到了你。"

"不管怎么说，我还是很开心。不过赤石老师，您才刚刚做过手术，还是别说太多话了。您差不多也该安静地休息休息了。"

"……我还是准备将你派到冲绳去。"

祐介正准备离开床边往外走，赤石的声音从背后传来。祐介回头。

"这我也知道。"

"不过，你可别误会了。我之所以选你，是因为你适合那家医院。"

"适合吗？"

"是的。那是我们之前的一位医局员为振兴偏远地区的医疗而设立的医院。虽然规模不大，但本着服务当地患者的理念，一直提供着高质量的医疗。所以我才决定派医局员过去。"

祐介无言地听着赤石的解说。

"在那里，不需要心脏外科的专门知识，而是需要应对多种病人的能力和渊博的医学知识，最重要的还有，一颗为患者着想的心。知道了吧？"

"……知道了。"

祐介压着嗓子说，努力压抑着声音中的颤抖。

"在精细手术方面你确实不如针谷，但作为普通外科和急诊医生的技术，在整个医局我认为你是最好的。而且，你一直为了病人全力以赴。你才是那家医院最需要的人才。"

赤石仿佛有些累了，他长长地出了一口气。

"能听到这番话，真的很好。"

祐介深深低头，内心饱含着的满满谢意几乎令他落泪。心底一直留存的疑问消失了。

祐介走出ICU，接下来还有很多事情要做。

他脱下防护服，在走廊里看到了肥后的身影。他似乎是刚刚看见呼叫匆匆赶来的。肥后摇晃着满身的横肉向他走来，突然一把抓住他的白大褂领子。

"浑蛋，你擅自做什么了？！"

"欸，您在说什么？"

祐介惊讶得连连眨眼。

"你给教授做手术，得到谁的允许了？啊？"

"允许……缝合不良导致大出血，必须紧急手术。"

"别自己轻易下判断啊。为什么不等我过来？"

"给你打电话打了很多次，你都不接啊！"

肥后的脸因为愤怒涨得紫黑。

"浑蛋，你跟谁说话呢！"

谁？你又是谁？你不过是医局这个小小世界中滥用权力的土将军而已。

不满从祐介的眉间眼角流露出来。肥后那肥厚的嘴唇大大地撇开了。

"这是什么眼神！我可是医局长！"

"……那又怎么样？"

"什么？！我要是不高兴，你就得去地方医院……"

"把我踢到冲绳是吧？我知道啊。"

祐介摇摇头。

"我说，你到底想说什么？我为教授做的二次手术可是成功了，你有什么不满意？"

肥后一时间无语，但很快他又开始了唾沫横飞：

"你是想用这个巴结教授吧？你现在就去告诉教授，你是在我的指示下做的手术。"

他终于理解肥后发怒的原因了。这个男人是想卖教授个人情，保住自己医局长的位置吧。不过，无论他怎么费力卖人情，教授都要辞职了。想到这里，祐介的嘴角浮现出一丝笑容。

"怎么，你还笑嘻嘻的。快去跟教授说我拼了命地去救他。"

"我不去。"

"……欸？"

肥后一下子惊掉了下巴，太阳穴上青筋毕现。

"你刚才说什么？"

"我说我不去。"

祐介右手做出一个手刀，将攥在自己白大褂领口上的肥后的手打掉，发出一声钝响。

"你……你，做什么……"

肥后按着自己吃痛的手腕，向后退缩一步。

祐介用左手抓住肥后的衣领，用前臂抵住他的脖颈，将肥后整个人抵到墙上，沉闷的钝响在走廊里回响。

"你算什么？"

"欸，欸欸……？"

肥后的面部因恐惧而扭曲，说话都无法连成整句。

"你算什么？说啊。"

"我、我是……"

"你就是一个没了教授撑腰就什么都干不成的废物，别装了！"

祐介右手比画了一个拳头的动作，紧紧握住。肥后的喉咙里发出一丝呻吟。

"哈！"

祐介大喝一声，拳头猛地划破空气，在即将要触碰到肥后鼻子时猛然停下。肥后背靠着墙壁哧溜一下滑下去，蹲在地上。

"您鼻子上停了只蚊子，不过幸好我出手了，没叮到您。"

祐介理了理被弄乱的白大褂，向肥后微笑着说道。

8

　　第二天早上七点半，祐介走进位于纯正医大附属医院本馆的地下一层食堂，四下环顾了一圈。空旷的食堂中央，有一位身着白大褂的女性在独自用早餐，祐介走向她。

　　"呀，这不是平良君吗？"

　　"早上好，柳组长。"

　　柳泽举起筷子向祐介示意。和他设想的一样，下了夜班的柳泽在这里吃早餐。

　　"平良君昨晚也住这儿了？来这里吃早餐吗？"

　　"不，我来这儿是有些话想和您说。"

　　祐介在柳泽对面坐下。

　　"有话对我说？什么事呀？还特意跑过来。"

　　柳泽喝了一口味噌汤，祐介将手里拿着的一张纸递给她。柳泽一看，神色立马凝固了。

　　"这是……"

　　"这是您三年前写的论文。我也是其中的一位研究者。"

"这个……怎么了？"

柳泽放下碗，祐介凝视着她的眼睛。

"您知道吧？这篇论文才是匿名信中所说的'学术不端的论文'。"

"你说什么……"

面对祐介的拆穿，柳泽提高了声音。

"实验对象只有三十六人，是一项很小的研究。主要目的是论证新发售的降压药剂是否比市面上已有的好。这项研究实在太小，所以数据分析这块就没委托给外部团队，而是由自己人来做。"

祐介指着论文说：

"研究结果是，跟已有药物相比，新降压药效果略胜一筹。"

"你想说什么？"

"论文的结果被篡改了。实验对象很少，做实验也简单。三十六个人中，有一人的收缩压在病历上显示是 142，但在论文中却变成了 132。"

"……只是个笔误而已，那人的血压稍微降了一点点。"

柳泽神情僵硬。祐介则摇摇头。

"确实只是个小差别，但这个小差别却极大地改变了研究结果，让本应证明无效的结果变成了有效。"

柳泽陷入了沉默，祐介继续说下去：

"这项研究是您受制药公司委托进行的，我们虽然也参与了，但最后的计算结果是由您自己完成的，对吧？"

柳泽动作极不自然地点点头。

"因结果不尽如人意，您鬼使神差地篡改了其中的一个数据，得出了显著性差异，才给出了新药比旧药好的结论。没错吧？"

柳泽被祐介问住，低头望着桌面。数十秒后，她嗫嚅着开口了：

"……做这项研究的不只有我们，其他大学也进行了，而且几乎都得出了显著性差异，换句话说，他们都得出了这款药比已有药物更有效的结论。所以……"

"所以你才觉得，就算稍微篡改一点点也没什么影响，对吧？"

柳泽被祐介一说，不禁垂下头来。

"是的。别的大学都成功，只有我们失败的话，仅有的研究费用很有可能大幅度缩水。那样一来，可能会影响到后续的一些重要的研究项目，那些可是能救许多人的研究啊……所以我才想稍微做点改动……反正这钱也没到我自己的腰包里。"

"确实，这没到受贿的程度，制药公司也不知道内情。不过，你篡改了论文结果却是事实。"

"……是你吗？是你寄了那封匿名信？"

"欸，不、不是我。"

祐介连忙在胸前摆手。

"那你怎么知道这篇论文的事？"

"我找到了写匿名信的人。"

"欸，是谁？"

柳泽猛地探出身子。

"我不能说。我和他约好了，决不外传，他才肯告诉我这件事。"

昨天，正当祐介要离开值班室的时候，针谷叫住了他。篡改论文的不是赤石，而是柳泽。

三年前，针谷和祐介一样，也参与了这项研究的数据统计工作，在将数据交付给柳泽之前，他自己先算了一遍，确认结果中并未出现显著性差异。但论文却得出了显著性差异的结果，他觉得蹊跷便重新梳理了一遍数据，才发现数据被篡改了。

　　当时，针谷觉得可能有一天会利用上这件事，所以就没立刻揭发出来。直到上个月，他听到了传言，一心以为去富士第一综合医院的机会被祐介夺走，才终于铤而走险搞出匿名信事件。

　　"……你准备怎么办？"

　　柳泽一脸痛心，依旧低垂着头说。

　　"柳组长，赤石医生准备辞去教授职位。"

　　"欸？"

　　闻言，柳泽紧皱起眉头。

　　"他自己对我说的，不会有错。"

　　"这……这样啊。但这和我有什么关系……"

　　"请您担任下一任教授吧。"

　　祐介脱口而出，这是他的心里话。柳泽的眼睛一下子睁大了。

　　"什……什么？为什么对我说……"

　　"您之前不是对我说过吗？若是自己成了教授，医局将会怎么发展。请您好好地实现您的理想吧。"

　　"等等，篡改论文这件事会让我受到弹劾的，我怎么可能被选作教授呢？"

　　"没事的，这件事我没对任何人说过，写匿名信的人也不会说，我们约好了的。所以请您去竞选下一任教授吧。"

　　祐介一个劲儿地劝说着柳泽，而她只是摇头。

　　"……不行，我没有这个资格。这三年来，我一直为论文是否被曝光而担心，匿名信出来后，我更是寝食难安。要是我当了教授，这件事一旦被曝光，将会引起医局内部的极大混乱。所以……我没有担任主任教授的资格。"

　　柳泽双手覆面，羞愧难当。

"担心曝光的话，发布一个公告订正错误就行了。没关系的，这三年里关于那项药物进行了很多次研究，已经充分证明了它的良好疗效。就算现在发公告，也不会有任何影响。"

"但是，如果告诉大家换了数据……"

"不是换数据，只说数据弄错了就行了。"

"这方法行不通。"

柳泽无力地摇摇头。

"平时也就算了，但现在因为匿名信的事情，整个学校都在盯着心脏外科。在这种情况下，就算主张只是弄错了，也会被认为是在掩饰错误。"

"若是您这么说，也许会是这个结果。但如果是帮忙统计数据的医局员弄错了数字，那又如何呢？"

柳泽一时间不知何意，惊讶地望着祐介，她的眼睛慢慢睁大了。

"难道说，平良君？！"

"是的，您只要说是我在统计结果的时候把数据弄错了就行。筋疲力尽的心脏外科医局员，由于粗心大意弄错了数字。"

"但是，如果那样做，你在医局就……"

"嗯，我在医局可能就待不下去了。不过，这也不错。"

祐介舔了舔干燥的嘴唇，平静地说出了自己的决定："我今年就要从医局辞职了。"

柳泽瞪大眼睛，将手支在桌子上，探出身子。

"什么？你要辞职？"

"我要去原本应该明年调过去的冲绳医院。不是借调，是正式就职。昨天任命书来了，那边非常欢迎我过去。"

祐介想起了昨天和妻子美代子的对话。他将自己的计划告诉妻子后，还有些忐忑，不知道美代子会做何反应。可她只是微笑着说："祐介君决定了的话，我们也跟你一起。"

正式去那边就职的话，也不用再听医局的命令携家带口地回东京了。女儿真美也不需要由于父母的缘故而频繁转学。

"平良君，这样没关系吗？"

柳泽声音微微颤抖着说。对心脏外科的留恋让祐介的心中隐隐作痛。

"是的，没关系。作为交换，请彻底进行医局改革，这是您的赎罪。"

祐介坚定地说完，等待着柳泽的回复。柳泽单手捂嘴，神情僵硬地思考了片刻。祐介并不催促，只是静静地看着她。柳泽足足沉默了十分钟，终于抬起眼睛，平静地开口了："……知道了。"

"谢谢您，有了这句话我就放心了。这样一来，我就没什么遗憾，可以安心地从医局辞职了……啊，对了。"

祐介双手在胸前合十。

"请不要再让肥后医生担任医局长了，那个人不应该留在新医局，或者把他踢到联营医院……"

"你不说我也想这么做。"

柳泽毫不犹豫地笑着说道。

"不愧是柳组长。"

祐介将桌上的论文咔嚓咔嚓揉成一团扔进附近的垃圾箱里。

"那么，我先走了。"

"平良君，等一下。"

"怎么了？"

祐介正准备起身离去，听到她的话便停下了动作。

"你为什么要这么做？"

祐介的脑海中浮现出三个实习医生的笑脸。

"为了几个勇敢追求梦想的年轻心脏外科医生，也是为了我自己能向前走，我想成为一名能够修复病人人生的医生。"

尾声

"辛苦了。"

"谢谢。"

祐介从柳泽手里接过花，对着面前坐成一排的医局员低头致意，稀稀拉拉的掌声从人群中响起。

匿名信事件已经过去几个月了，3月末的一个傍晚，心脏外科的医局员们齐聚在会议室，既对今年准备辞职的医局员表达慰问之意，也对新入职的医局员们表示欢迎。

祐介抬起脸，目光与柳泽的相接了。柳泽用力地点了点头。

三个月前，在赤石辞去教授一职的同时，柳泽被选作新一任纯正医大心脏外科学讲座主任教授。祐介担心的论文订正一事，也没有掀起大的波澜而顺利度过了，就连出来承担论文错误的祐介也没有受到处罚。

而祐介的辞职，则被众人视为在和针谷竞争富士第一综合医院名额中落败后领悟到了自身能力有限的行为。

辞去教授职位的赤石，现在不仅作为纯正附属医大的技术指导医生，还被邀请到全国的医院向广大年轻医生传授独家技术和多年经验。一个月前他见到祐介的时候还笑着说："现在比在纯正医大做教授的时候还忙碌。"今后，继承了赤石的技术的医生们应该会修复更多病人的人生吧？

"好的，请平良医生落座吧。不过，请继续在冲绳加油哟。"

担任主持人的肥后故意嘲讽他说。

自从二人在 ICU 外的走廊上交锋以来，肥后便没再直接找过祐介的麻烦。取而代之的是，不怎么让他接触到手术机会，或者在今天这样的场合对他冷嘲热讽，都是些私下给祐介穿小鞋的下作手段。不过，祐介倒是不怎么在意。

"好的，也请肥后医生在千叶继续加油。"

祐介和和气气地笑着说道。肥后像是嗓子里卡着什么东西似的，只是含混不清地发出了点声音。

柳泽上任后，解除了肥后的医局长职务，将他调去了九十九里浜的一个小医院，4 月初上任。今天是肥后最后一天在医局工作。

祐介回到人群中，途中和针谷擦肩而过，针谷脸上显出一丝尴尬的神色。

"……加油啊。"

祐介轻轻拍了拍针谷的肩膀，针谷坚定地小声回答了句："好的。"

"接下来向大家介绍 4 月份将加入我们的医局三位年轻医生。请三个人上前面来。"

肥后明显没什么干劲儿。被点到名字后，乡野、牧、宇佐美走上台前。

祐介站在人群后方远远地望着三个人。他们正挨个儿做着自我介绍，看上去靠谱又稳重。将成为心脏外科医生的他们，未来应该会很辛苦吧。不过，凭借他们的能力一定能够战胜困难。

成为主任教授还不足三个月，柳泽便开始着手对医局进行改革，首先便是从明年开始召回大部分医局员。此外，她还推进患者信息共享，举办了多次技术讲座，取得了切实成果。将来，一定会有更多优秀的心脏外科医生从医局走出去，在更多地方修复患者的人生。

……差不多该走了，祐介慢慢向出口移动。

会议结束后还有专门为这场活动准备的晚宴，但祐介却不准备参加。明天傍晚时分，他就要从羽田出发奔赴那霸，与两周前提前搬到冲绳的家人团聚，为此，他要提前回去做些准备。

两个月前，美代子顺利取得了驾照，之后她便提心吊胆地开车在新家附近转了一圈。

女儿真美虽然一开始对环境变化感觉懵懂，现在却对充满大自然气息的生活乐在其中。

祐介的母亲现在和儿媳孙女同住一个屋檐下，她对此很感激，每天带着真美四处游玩。让祐介一直担心的新生活，似乎已在不知不觉中顺利地走上正轨。

加油啊，一定要成为一流的心脏外科医生。千万别像我一样。

祐介在心中默念着对晚辈们的祝福，将手伸向门把手。

"谢谢三位新医生的自我介绍。啊——那先这样，请继续加油，千万别像正要逃跑的平良医生一样啊。"

肥后嘲讽地说。听了他的话，医局员们一齐回头。

真是的，最后关头也要搞些幼稚的把戏。祐介面对着众人的视线，挠了挠脖颈。

"请让我说句话！"

一个洪亮的声音响起，是正对面的乡野在说话。

"啊，果然是年轻人有干劲儿啊，请，请。"

肥后敷衍地摆摆手，众人的视线从祐介身上转移到台上的乡野身上。

"嗯——去年，我们三人一起接受了平良医生的指导。虽然只有短短的一个月，但学到了非常宝贵的东西。"

乡野昂首挺胸，开口说道。

"平良医生以精湛的技术完成了腹部受外伤的病人的手术。看见他，我才决定入职，因为在这里不仅可以学到心脏手术的技巧，还能够成为一名普通外科医生和急诊医生。"

祐介放下已经搭在门把上的手。医局员们都惊讶地望着三名实习医生。

"我对平良医生的专业性十分敬佩。"

接下来，牧也开口了。

"平良医生的治疗方案不仅具备专业性，还做到了设身处地地为每位患者着想。看到他，我明白了努力学习外科知识，也能具有不输内科医生的专业素养，并能在此基础上给出富有人情味的治疗方案。这也成了我入职的契机。"

"哪有？我只是……"

我只是在进行每天的诊疗工作而已。但他的话还没说完，便被宇佐美截住了话头，她微笑着说：

"平良医生拯救了我。他用一种既严厉又体贴的方式告诉了我，医生的工作到底是什么。因为他，我才……才从囚笼般的往事中解脱出来。"

事已至此，祐介已经什么都说不出来了。他感到有种热热的东西正从身体里面溢出来。

"实习的最后一天，平良医生曾在庆功宴上对我们说，不要来心脏外科。"

牧上前一步，他的话在房间内引起了小小的骚动。

"听到他的话，我们很高兴，因为平良老师真心为我们的未来着想。"

乡野也向前一步。

"当时，他是这么说的。如果我们来心脏外科，就会重蹈他的覆辙，所以不要来。但就是因为这句话，我们才决定入职。"

房间内的议论声更大了。

最后，宇佐美也走到台前，她双手放在胸前，眼眶有些湿润了，温柔地对祐介微笑着。

"我们是想成为平良老师这样的医生才决定加入心脏外科的。老师是非常优秀的医生。"

祐介的眼前仿佛升起一道耀眼的光，闪烁着，一点点扩大开来，逐渐模糊了他的视线。

当他放弃成为一流心脏外科医生的梦想时，他曾一度觉得一直以来的努力都白费了。但他错了，这些积累下来的经验已经融入血液，变成了他不可分割的一部分。这是三位实习医生教给他的。

"平良老师，谢谢您！"

乡野、牧和宇佐美三个人齐声说道，并深深地向他鞠了一躬。

"我也一样，谢谢你们……加油啊。"

祐介擦了擦眼角，露出了笑容，这是一个发自内心的笑。

柳泽带头慢慢地鼓掌。接着，针谷也磨磨蹭蹭地加入其中。这掌声感染了其他医局员，逐渐扩大。

所有人都为祐介送上掌声，就连肥后也勉强扯了扯嘴角加入了众人。

祐介再次小声道谢，转身开门。

伴随着雷动的掌声，祐介向前迈出一步。

迈向崭新的人生。

（全文完）